LISA MAIR
MORD AN UNSCHULDIGEN HERZEN

Lisa Mair

Mord an unschuldigen Herzen

Wenn Worte deine letzte Hoffnung sind

Jugendkrimi

1. Auflage 2017

Umschlaggestaltung: AAVAA Verlag
Coverbild: © taa22 / Fotolia, Bild: broken heart, Datei: #116861225

Printed in Germany

Taschenbuch: ISBN 978-3-8459-2522-6
Großdruck: ISBN 978-3-8459-2523-3
eBook epub: ISBN 978-3-8459-2524-0
eBook PDF: ISBN 978-3-8459-2525-7
Sonderdruck Mini-Buch ohne ISBN

AAVAA Verlag, Hohen Neuendorf, bei Berlin
www.aavaa-verlag.com

AAVAA
VERLAG

Dieses Buch ist für meine kleine Schwester, meine Eltern

und für alle Träumer dieser Erde,

Einhörner inbegriffen!

Prolog

„Los, vorwärts!“
Desiderio wurde unsanft von einem Mann geschubst.

Desiderio war erst 13 Jahre alt.

Heute Abend hat es laut gekracht. Da er allein daheim war, hat ihn niemand vor dem Einbrecher beschützen können. Dieser Jemand stand einfach in der Kinderzimmertür. Er hat den Jungen rabiat an den Schultern gepackt und ihm Handschellen angelegt. Dann hat er ihm noch einen Knebel in den Mund gesteckt.
Nun liefen sie durch Kempten. Nur ein paar Straßenlaternen erhellten die finstere Nacht. Sie hatte sich vor etwa fünf Stunden, wie eine dunkle Decke über die Häuser gelegt. Die Kirchturmuhr schlug 12 mal.

Mitternacht.

Die Straßen waren menschenleer. War ja auch klar, dass sich keine halbwegs vernünftige Kreatur um Mitternacht auf die Straßen wagte.

Es fröstelte den Jungen und die Handschellen riffelten an seinen Handgelenken.

Wer war dieser Typ? Was hatte er mit mir vor? Wo brachte er mich hin? 100 Fragen schossen dem Kind durch den Kopf.

Doch es fand keine Antwort in seinem Gehirn. Es wusste nicht wie lange sie schon unterwegs waren. Eine Minute, eine Stunde,...es hatte keine Ahnung, was hier vor sich ging.

Doch der Mann wusste genau, was zu tun war und man sah ihm an, dass er ein klares Ziel vor Augen hatte.

„So da wären wir", kündete der Ältere an.

Sie waren vor einem alten Haus stehen geblieben. Es wirkte schon sehr heruntergekommen. Der Vorgarten war eine Katastrophe, der Briefkasten lag auf dem Boden neben dem Gartentor, das auf und zu schwang, als liefe ununterbrochen Geister hindurch. Die Fensterläden hingen aus den Angeln.

Desiderios Nackenhaare stellten sich senkrecht auf und die Verzweiflung war ihm ins Gesicht geschrieben. Was wollte der Mann bloß von ihm.

Der Mann bugsierte ihn durch das Gartentor und durch die Haustür.

„Gefällt dir mein Zuhause?", fragte er höhnisch.

Was, das sollte ein Zuhause sein? Das war ja eher das Schloss von Graf Drakula!, dachte der Junge schaudernd.

Stille.

Im Inneren des Hauses ist es genauso düster wie draußen. Die Diele knarzt bedächtig unter den Schritten der beiden. Am Ende des Flures gibt es eine dunkle Tür.

„Was da wohl dahinter war?", grübelte Desiderio. Er malte sich das Schlimmste aus.

Doch das, was ihn nun hinter der Tür erwartete, übertraf alles, was er sich ausgedacht hatte.

In dem Raum flackerte ein Feuer bedrohlich im Ofen. Im hinteren Teil des Zimmers stand etwas Großes. Als das Licht, das nur aus einer Glühbirne bestand, anging, enthüllte der große Schatten einen... Galgen.

Der laute Aufschrei des Jungen wurde von dem Knebel unterdrückt.

„Was schaust du denn so entsetzt? Ich finde ihn ganz schön." Ein gemeines Lächeln breitete sich auf dem Gesicht des namenlosen Mannes aus.

„Los, kannst du selber auf das Podest steigen oder muss ich dir helfen?", er packte das Kind und stellte es auf die Erhöhung.

Desiderio strampelte so fest er konnte, schlug mit den Armen um sich, doch der Mann war hart wie Stein. Nun zog er das Tuch aus dem Mund des Jungen.

„So jetzt kannst du wieder lächeln. Ich versteh ja, dass das mit einem Stück Stoff im Mund schwer ist", erneutes hämisches Lachen.

Als nächstes ging der Typ zu einem Tisch und holte einen dunklen Gegenstand. Desiderio schaute sich links und rechts nach einer Fluchtmöglichkeit um, doch es gab keine. Der Mann hob den Gegenstand vor sich. Es war eine Kamera.

„Cheese!"

Er drückte ab. Doch der Junge dachte gar nicht daran zu lächeln.

„Naja, dann eben nicht. Dein hübsches Gesicht rahme ich nachher ein und hänge es als kleine Erinnerung an dich in meinem Nebenzimmer auf."

Was nun geschah, war unfassbar und ging blitzschnell. Der Mann hing Desiderio eine Schlinge um den Hals, dann holte er aus einer Kiste einen Fußball. Er stellte sich vor den Jungen und zielte genau auf seine Schläfe. „Er will mich tatsächlich umbringen", begrif das Kind.

„3,2,1, Schuss!"

Der Typ trat mit voller Kraft gegen den Ball.

Sein Name war Paul Devillie....

Das Gefühl von Liebe

„Serafina!“

„Serafina!“

Jemand rüttelt mich am Arm. Ich schrecke hoch.

„Was, wo, wer, wo bin ich? Irgendwelche Feinde?“

Erst jetzt merke ich, dass die ganze Klasse mich anstarrt und nun lauthals zu lachen anfängt.

Herr Henge findet das aber überhaupt nicht komisch!

Ich bin anscheinend eingeschlafen – wie peinlich! Ok, aber wer findet denn bitte die Verdauung und den Aufbau des Dünndarms schon spannend?

„Serafina, ich gebe dir eine letzte Chance: Wie heißt der Darm, in den der Dickdarm mündet?“

Er schaute mich mit diesem „Das-war-ja-klar-Blick“ an.

„Ja also der Dickdarm, der mündet in den...“

Hilfesuchend blicke ich zu Shona, die direkt neben mir sitzt. Wir zwei haben uns in der fünften Klasse kennengelernt und sind seitdem ABF (allerbeste Freundinnen). Wir machen alles gemeinsam und gehen durch Dick & Dünn. Außerdem helfen wir uns immer, so wie jetzt, denn da Herr Henge nur auf mich schaut, merkt er nicht, wie Shona ganz groß ENDDARM mit Bleistift auf ihren Tisch schreibt. Genial!

„Enddarm“, sage ich, „Der Dickdarm endet in den Enddarm.“

Damit hat unser Lehrer anscheinend nicht gerechnet, eher damit, mir einen Vortrag über Aufmerksamkeit zu halten und mir anschließend eine Strafarbeit zu erteilen.

Stolz blicke ich ihn an.

Verdutzt dreht er sich um und fährt mit seinem Unterricht fort.

„Danke", flüstere ich meiner Sitznachbarin zu, die gerade das Bleistiftgeschriebene von ihrem Tisch radiert.

„Bitte, aber sag mal, bist du wirklich eingeschlafen?"

„Ich denke schon."

Gerade will uns Herr Henge noch Hausaufgaben aufgeben, aber das wird nichts, da die Schulglocke uns zur Pause ruft.

„Wurde aber auch Zeit", meine ich, „Wollen wir in die Bibliothek gehen?"

„Von mir aus", entgegnet Shona.

Kaum habe ich die Türe der Bibliothek geöffnet und mein Vesper in einen Schrank für Vesper, Schulsachen,...gestellt, als ich IHN entdecke. Er sitzt an einem Tisch mit ein paar Freunden. Gerade legt er seine „Zauberkarten" auf den Tisch und fordert ein Mädchen, das ich total übersehen hatte, auf, eine Karte verdeckt zu ziehen. Sofort steigt Eifersucht in mir auf. Aber ich beruhige mich schnell wieder. Mittlerweile hat er die Karte erraten und seine Freunde applaudieren. Ich lasse meine ABF, die es sich mit einer Zeitschrift auf einem Sitzsack bequem gemacht hat, links liegen und laufe zu dem Tisch.

„Hey, darf ich zuschauen?"

„Natürlich" und dann sieht er mich wieder mit diesem Blick, diesem unbeschreiblich magischen und zugleich anziehenden Blick, an.

Wie immer spüre ich, wie meine Schmetterlings-Cheerleader im Bauch einen Freudentanz vollführen. Ob er wohl dasselbe denkt? Ich muss wegsehen, kann aber nicht.

Schließlich reist mich ein Freund von ihm aus meinen Gedanken und fragt:

„Machst du jetzt noch einen Trick oder nicht?"

Aber diese Frage erledigt sich mit dem Gong. Die Pause ist zu Ende und Physik beginnt. Hastig blicke ich nochmals zu ihm zurück. Er erwidert meinen Blick, dann ist er um die Ecke verschwunden.

Als ich meine Klasse erblicke, sehe ich, dass vor ihr drei große, ältere Jungs stehen.

Sobald Shona und ich kommen, sagt Pascal, einer meiner Klassenkameraden:

„Da ist sie ja schon" und lacht.

Ich weiß gar nicht, was los ist! Schnell frage ich eine Freundin.

„Die Jungs haben gefragt, wer die Hässlichste aus unserer Klasse sei, da hat Pascal Serafina und Shona gesagt."

„Der soll selber mal in den Spiegel schauen, dann weiß er, wer es ist", raunt mir meine ABF zu.

Typisch Jungs. In Physik verläuft alles, wie immer. Die Jungs schießen die Mädchen mit ihren selbstgebastelten Schleudern aus einer leeren Tesarolle und einem darüber gespannten Luftballon ab, die mit Kreidestücken beladen sind. Ich bekomme auch einen ab, aber ich versuche, den Schmerz zu ignorieren, denn im Moment gibt es eigentlich nur eines, das man nicht ignorieren kann: Das Gefühl von Liebe.

Wir werden immer füreinander da sein

Ich drücke die Türklingel.

„Ring, ring" ertönt es leise vom Inneren des Hauses.

Man hört Schritte.

„Hallo. Wer ist da?", tönt die Stimme meiner Mum aus dem Apparat.

„Ich bin's."

Die Tür öffnet sich summend. Ich renne die Treppen in den ersten Stock.

„Hallo mein „Scheißerle"", empfängt mich Mama.

Ich blicke sie genervt an. Ich hasse es, wenn man mich „süß" oder „Scheißerle" nennt! Trotzdem nehme ich sie in den Arm, schmeiße meine Schultasche in den Flur und verschwinde sofort in der Küche, wo die neue Fernsehzeitschrift liegt, die jeden Dienstag kommt. Ich mache mich über das Kreuzworträtsel auf der letzten Seite her, während meine Mama die Maultaschen mit Soße und Salat zubereitet. Genießerisch ziehe ich den Geruch ein, der sich in der ganzen Küche verbreitet hat.

„Und gibt es irgendetwas Neues? Irgendeinen Schwank aus deiner Jugend?"

Ohne mich von dem Rätsel abzuwenden, schüttel ich den Kopf.

„Oh man, was bedeutet gleich nochmal „ich" auf Latein?" ,überlege ich.

Manchmal habe ich einfach einen Gedächtnisschwund, obwohl das eine total einfache Vokabel ist.

„Mum, was heißt *ich* auf Latein?“

Ohne ihr Gesicht zu sehen, weiß ich genau, was sie gerade denkt:

„Was hat die Kleine nur wieder im Kopf?“

Und bevor sie das fragen kann sage ich hastig:

„Ich hol´ noch schnell mein Vesper“ und verschwinde in meinem Zimmer.

Ich kann ihr ja schlecht sagen, dass ich die ganze Zeit nur an eine Person denke, an ihn! Wenn ich bloß wüsste, wie er heißt und wo er wohnt, dann könnte ich ihn besuchen oder „rein zufällig“ mal vorbeischauen. Naja, zumindest hab ich ja immer noch die Schulbibliothek als Anhaltspunkt.

„Schätzchen, Essen ist fertig. Holst du bitte Liv aus ihrem Zimmer.“

Maulend laufe ich zu dem Zimmer meiner kleinen Schwester. Ich klopfe zweimal an die Tür und trete ohne eine Erlaubnis abzuwarten einfach ein.

„Kannst du nicht warten, bis ich herein sage? Ich mache gerade Mathe!“

Missbilligend werfe ich einen Blick auf ihr Blatt und krieg´ innerlich fast die Krise. Meine Schwester ist nun schon in der 4. Klasse und rechnet schriftlich „x & :“. Naja, kann sie ja nichts dafür.

„Mama hat gesagt, ich soll dich zum Essen holen. Es gibt Maultaschen mit Soße und Salat.“

„Igitt. Das gab´s doch erst vor 4 Wochen! Es ist ja immer das Gleiche.“

Murrend läuft sie voraus in die Küche. Ich schließe mich ihr an.

„Deckt ihr mal eben den Tisch?"

Ich laufe zum Kühlschrank. Verwirrt schaue ich ihn an. Wir brauchen doch gar nichts aus dem Kühlschrank. Oh Mann, ich bin echt schon voll verwirrt. Also laufe ich zurück zur Besteckschublade und hole drei Messer und drei Gabeln heraus. Liv serviert mittlerweile den Salat und schenkt jedem Kirschsaft ein. Mama bringt die Hauptspeise und setzt sich zu uns an den runden kleinen Tisch, wo vier Stühle stehen. Traurig blicke ich auf den vierten, leeren Stuhl.

Vor 7 Jahren hat dort einmal Papa gesessen. Eine kleine Einhornträne kullert mir über die Wange. Gut, dass es Mama nicht bemerkt hat.

Ich denke an damals, als wir zu viert unseren Spaß hatten. An die Zeit, als wir zusammen Ausflüge machten und daran, wie sich Mama und Papa immer mehr über unwichtige Dinge wie Geld, Aktien und Häuser stritten. Sie schickten uns in unsere Zimmer, damit wir es nicht mitbekamen. Doch die verschlossenen Türen konnten nicht alles verbergen. Meine Schwester und ich hatten uns in dieser Zeit, wo wir alleine waren, viel umarmt und getröstet.

Eines Tages war es dann soweit: Mein Papa zog aus. Er war einfach weg. Am Anfang verstand ich es noch nicht, doch mit der Zeit fing ich an zu kapieren. Ich war traurig, sehr traurig. Doch das Leben ging weiter. Mein Papa war vorerst in unserer Stadt geblieben und wohnte nur am anderen Ende. Wir besuchten ihn oft und übernachteten bei ihm.

Irgendwann zog er drei Städte weiter. Aber wir besuchten ihn trotzdem, auch wenn es nicht mehr zu Fuß ging, sondern mit dem Auto. Dort hatte er seine eigene Firma mit einem anderen Mann.

Das Schicksal war aber noch nicht fertig. Es schickte Dad nach Nürnberg. Zwei Stunden Autofahrt weg von uns.

Irgendwann traf Papa beim Skifahren dann eine neue Frau. Sie hieß Sonja Conor und sang und zeichnete gern. Wir mochten sie. Alle drei Wochenenden besuchten wir die beiden. Am Abend telefonierten wir miteinander und ich verarbeitete den Schmerz allmählich. Doch die Wunde saß tief, sehr tief. Eines sonnigen Tages kam Dad uns besuchen. Er nahm Liv und mich mit auf einen Spaziergang an der Argen entlang. Unterwegs redeten wir viel. Irgendwann, als wir in einem Cafe saßen, platzte Papa mit der Neuigkeit heraus. Im November würden wir einen Bruder, einen richtigen Halbbruder, bekommen. Er sollte den Namen Joy Conor bekommen. Zuerst wusste ich nicht, was ich davon halten sollte. Doch dann löcherten wir ihn mit Fragen. Liv ging es genauso. Wir waren so aufgeregt und Papa erzählte alles mit leuchtenden Augen. Es war kaum zu glauben. Doch es war wahr. Da hatte das Schicksal eine große Überraschung für uns parat. Ein halbes Jahr später war es dann soweit: Joy erblickte zum ersten mal unsere Erde. Acht große Augen sahen ihn liebevoll an: Sonja, Papa, Liv und ich. Er war so groß wie der Arm meiner Schwester. Seine Nägel so groß wie Erbsen und seine Augen einfach unbeschreiblich süß. Als ich ihm meinen kleinen Finger entgegenstreckte umfasste er ihn sofort mit seiner Tischtennisball großen Hand. Die Wohnung wurde irgendwann natürlich auch zu klein. Dad zog mit seiner

Familie nach München. Dort hatten sie eine Wohnung, die schon 100 Jahre alt war. Mit jedem Nagel, den man in die Wand schlägt, muss man Angst haben, dass einem die komplette Wand entgegen fällt. O.k., das ist vielleicht ein bisschen übertrieben, aber so ungefähr. Eines Tages im Juli bekamen wir sogar unseren zweiten Halbbruder. Er war genauso süß wie Joy. Es sollte den Namen Tomi Conor bekommen. Seine Taufe fand in einer Kirche auf dem Land statt. Als er das Weihwasser über den Kopf bekam, weinte er so bitterlich süß! Alle zwei, drei Wochen besuchen wir sie jetzt und in den Sommerferien bleiben wir zwei Wochen bei ihnen.

Doch mit der Zeit wurde Sonja seltsamer. Sie war viel in ihrem Atelier, machte fast nichts mehr im Haushalt und kümmerte sich so gut wie nicht mehr um die Jungs. Papa musste alles auffangen. Noch dazu war er geschäftlich viel in Landshut unterwegs und arbeitete nur manchmal zuhause. Es brach eine sehr schwere Zeit herein. Doch wir haben sie bis jetzt gemeistert und werden sie auch weiterhin meistern, denn:

Wir werden immer füreinander da sein!

Handy-Roboter-Menschen

„Serafina, bitte, nochmal von vorne. Dein erster Finger ist einfach zu hoch. Komm wir spielen das Lied nochmal in Zeitlupe."

Ich schaue meinem Geigenlehrer, Herrn Fröhlich, zu, wie er seine Geige und seinen Bogen aus dem Kasten nimmt. Mit seiner freundlichen Art erinnert er mich irgendwie an Dad.

Ich seufze.

„1 und 2 und 123", zählt er mit.

Ich fühle wie die Musik durch meinen Körper fließt (so ähnlich wie bei Yoga nur viel schöner). Ich lasse meine Finger auf dem Griffbrett spielen. Es geht wie von allein.

Das Lied, das wir spielen, soll ich nach den Pfingstferien vorspielen. Es heißt: „unbekümmertes Liedchen". Ich finde es hört sich total entspannend und ruhig an, so unbeschwert.

„Bumm, bumm", das Klopfen an der Tür reist mich aus meinen Tagträumen.

So was Dummes aber auch.

Eine Mutter mit ihrem Sohn, der ungefähr so alt ist wie Liv, betreten den Raum. Herr Fröhlich nickt ihnen einmal aufmunternd zu und konzentriert sich dann wieder auf mich. Ich kann es aber irgendwie nicht leiden, wenn noch fremde Leute im Raum sind und mich anstarren, als erwarteten sie von mir jetzt ein Meisterstück. Naja, da hilft nur „Ignoranz".

„Serafina, wo bist du jetzt schon wieder mit deinen Gedanken?"

„Ich, äh, was haben sie gesagt?", peinlich.

„DEIN ERSTER FINGER IST IMMER NOCH ZU HOCH! Tu ihn doch einmal weiter runter! Bitte!“, zusätzlich macht er einen verzweifelten Luftsprung in die Höhe.

Dabei stößt er sich kräftig den Kopf an der Lampe an. Nun jault er auf und haut aus Versehen so fest aufs Klavier, dass der Deckel zuknallt und seine Finger einquetscht. Jetzt schreit er wirklich so laut, dass ein Lehrer von nebenan mit einer Tuba in der Hand kommt und fragt, ob er irgendwas für ihn tun kann. Dieser kassiert jedoch nur einen Anpfiff und schleicht dann wieder in sein Zimmer.

Leider habe ich nun aber gar keine Gelegenheit mehr mit meinen kleinen Finger noch irgendetwas zu tun, denn jetzt wird erneut die Türe aufgerissen und Mama wirbelt wie ein Tornado ins Zimmer, packt mein Geigenheft, steckt es in die Tasche, pfeffert die Geige samt Bogen in den Kasten, haut den Deckel zu und redet die ganze Zeit irgendwas von:

„Das hab ich ja total vergessen...“, „Wie konnte mir das nur passieren?“, vor sich hin.

Sie nimmt mich an der Hand, haspelt ein „Entschuldigung!“ und rennt mit mir aus dem Zimmer. Die Frau mit den dummen Augen und Herr Fröhlich gucken uns hinterher, als sähen sie zum ersten Mal zwei Einhörner. Na ja, jetzt muss ich mir zumindest nicht nochmal irgendwas anhören. Wir rasen die Treppe hinunter und zum Auto.

Kaum habe ich die Beifahrertür geschlossen, frage ich:

„Was war das denn eben?“

„Ich habe vergessen, uns Schlafplätze im Zug nach Amrum für die Pfingstferien zu reservieren! Und da ich das allein nicht hinbekomme, weil du den Plan irgendwo versteckt hast, um daraus einen Piratenschatz zu machen, ich nachher noch einen

Termin hab´ und es bis heute erledigt sein muss, hab´ ich dich so schnell abgeholt. Sorry auch nochmal deswegen!"
„Schon in Ordnung."

Den Rest der Fahrt schaue ich aus dem Fenster. Da draußen fliegt der Wald vorbei, mein Wald, mein drittes Zuhause.

Ich seufze.

Was mache ich hier eigentlich, in einer Welt voller Abgase, Blechkisten, Handys, Tablets, Strom und diesem ganzen weiteren Elektroschrott. Ich meine, die Menschheit wird total dumm und faul davon. Man öffnet nicht mehr die Tür, sondern das macht das Handy. Man schreibt keine Briefe mehr, sondern schreibt Whatsapp und SMS.
Und wenn es dann ein Fantasy-Kind wie mich gibt, das gerne träumt und das Leben aus seinen eigenen Augen sieht, werde ich als kindisch, Träumerin und albern bezeichnet. Da sieht man, selbst der kleinste Funken, der normal und verträumt ist, wird von „Handy-Roboter-Menschen" zerstört. Das ist echt zum Heulen.

Anscheinend hat mich der Himmel gehört, denn er zieht zu. Schwarze, schwere Wolkenschiffe verdunkeln den Himmel. Die ersten Blitze zucken. Oh je, die Götter streiten schon wieder. Gott sei Dank gibt es ja unsere Freunde, die Wolken, die die Streitblitze abhalten und nur ab und zu die Blitze und das grölende Geschrei von Donner hindurch lassen.
Ich rutsche tiefer in meinen Sitz. Eine kleine Träne kullert aus meinenm Auge. Macht einen Besuch bei meiner Nase und mei-

nen Wangen, dann fällt sie mein Kinn hinunter und verschwindet in der ewigen Weite meiner Strickjacke.

„Hallo hier ist Serafina Sorgenfrei. Ich würde gerne einen Schlafwagen von München nach Hamburg wie letztes Jahr buchen."

„Guten Tag bei der Deutschen Bahn. Ich suche soeben einmal die Unterlagen, aber zuvor noch ein paar Fragen: Hatten sie ein Vierer-, oder ein Sechserabteil?"

„Äh, ich glaube ein Vierer."

„Gut, hatten sie Liegen oder Betten?"

„Was ist da jetzt der Unterschied?!"

„Ja hatten sie Daunen- oder Wolldecken?"

„Meine Güte woher soll ich das bitte wissen? Ich glaube Daunen."

„Ah ja, ich habe sie soeben in unserer Datei gefunden. Ich werde es für sie buchen. Wieder drei Betten wie letztes Jahr?"

„Ja, seien sie doch so gut. Vielen Dank. Schönen Abend noch."

„Auf Wiedersehen."

Ich lege auf. Doch kaum berührt das Telefon die Station klingelt es erneut. Als ich dran gehe meldet sich Papa.

„Hallo mein Schatz. Und wie geht es dir?"

Es freut mich, wenn ich seine Stimme höre.

„Mir geht es gut und dir?"

„Ja, auch ganz o.k. Ich bin nur total geschafft von der Arbeit. Ich fahre gerade von Landshut heim. Da kann ich mich ein bisschen ausruhen."

„Das freut mich für dich."

„Und wie war dein Tag heute?"

„Mein Tag war gut. Ich hatte wenige Hausaufgaben und das Geige spielen hat ebenfalls Spaß gemacht. Jetzt tun wir dann noch Abendessen und vielleicht noch was Kleines spielen."

„Ok, geht aber nicht zu spät ins Bett. Übermorgen ist nämlich wieder Schule."

„Ja, ja. Gibt es sonst noch was Neues? Bei mir nicht."

„Bei mir auch nicht. Möchtest du mir dann mal noch Liv geben?"

„Klar, mach ich. Schlaf gut, träum' was Schönes und du bist der beste Papa der Welt! Ich hab dich lieb!"

„Danke, schlaf du auch gut, träum auch was Schönes und du bist die beste Serafina der Welt. Ich hab dich auch lieb. Tschüss."

„Tschüss."

Ich laufe zu Livs Zimmer und klopfe an die Tür.

„Herein", ertönt ihre Stimme vom inneren des Raumes.

„Papa ist am Apparat."

Ich drücke ihr den Hörer in die Hand und blicke mich im Zimmer um. Ihres ist circa 10 Zentimeter kleiner als meines. Ihr Bücherregal ist bis oben hin vollgestopft und ihr Kleiderschrank ist unordentlich. Die Türen des Kleiderschranks stehen offen und so entblößen sie die Massen der Kleider, T-Shirts, Pullis, Hosen,... wovon sie genau drei Lieblingsstücke immer anzieht und der Rest, na ja, der liegt einfach joblos drin und dient als Staubfänger.

Hinter mir schließe ich die Zimmertür.

„Sera baust du schon mal ein Spiel auf?", ruft Mama aus der Küche.

„Ja klar."

Ich öffne die Tür zu „meinem Reich“ und stelle mich vor das Bücher-, Spiele-, „Gruschtel-“regal. Die Auswahl an Spielen hält sich in Grenzen. Nach einigem Hin-und-Her-Überlegen entscheide ich mich für „UNOextrem“, ein verdammt schnelles Kartenspiel, wie auf der Verpackung steht.

Mein Regal ist im Gegensatz zu Livs ziemlich aufgeräumt und meine Kleider wechsle ich auch täglich, was jetzt aber nicht heißen soll, dass sie sie immer stinkend oder so anzieht. Nein, sie werden alle einmal in der Woche abwechselnd in die „Tornado Zone“ gesteckt, wo sie danach wieder total sauber hinauskommen. Das grenzt fast an ein Wunder, finde ich. Genauso wie Duschen. Sie sind ein magischer Ort, wo auf Knopfdruck Wasser fließt. Woher das ganze Wasser wohl kommt? Bestimmt von einer magischen Quelle in der Unterwelt, die von Kyklopen regiert wird.

Mama reist mich aus meiner Träumerei.

„Serafina, ich dachte du wolltest ein Spiel aufbauen.“
„Oh natürlich.“
Ich eile ins Wohnzimmer und mache drei gleichmäßige Stapel mit je zehn Karten.
„Ich bin fertig. Ihr könnt kommen.“
„Gleich.“
„Sofort.“

Nach einer Minute betreten Mum und meine Schwester den Raum. Mama hält drei Tassen und eine Teekanne in der Hand. Liv trägt ihren Affen Mopsi unter dem Arm. Nun gesellen sie sich zu mir und nehmen ihre Karten auf die Hand. Die Augen meiner Schwester weiten sich so groß wie Walnüsse und blicken dann hämisch zu Mama. Ich schätze mal, sie hat ziemlich viele „Zieh-2-Karten“, die sie schön an Mama verteilen kann. Ich dagegen habe nur normale Karten und drei Wunsch-Karten. Na toll.

„Ich fange an“, verkündet Liv feierlich.

Nach drei Runden steht es 3:0:0 für Liv. Mum und ich haben kein einziges Mal gewonnen. Ist das zu glauben? Aber es wundert mich eigentlich nicht, so ist das so gut wie jedes Mal, wenn wir irgendetwas spielen. Daher ärgere ich mich da auch nicht weiter. Ich bin ja nicht in allem gut. Dafür aber in anderen Sachen.

Um halb elf gehen wir schlafen. Wir tragen unser Bettzeug zu Mum ins Bett. Jetzt schnuckeln wir uns alle ganz eng aneinander und wärmen uns, weil der Raum so kalt ist. Wir beten gemeinsam und danken Gott, dass wir diesen Tag erleben durften und dass er so schön war. Danach bete ich im Stillen immer noch, dass ich eines Tages hoffentlich mit dem Jungen aus der Mediathek zusammenkomme.

Sei einfach du selbst, denn andere gibt es schon genug

Samstagmorgen.

Ich haue meiner Biene, die mir als Wecker dient, auf den Kopf und schmeiße mich zurück aufs Kissen, richte mich aber sofort wieder auf, denn mir fällt ein, dass um 9 Uhr Papa kommt, um uns mit nach München zu nehmen.

Wir haben bereits acht Uhr.

Ich renne aus Mamas Zimmer und ins Esszimmer, wo bereits der Frühstückstisch gedeckt ist. Von nebenan höre ich die Dusche fröhlich plätschern. Aus dem Zimmer von Mama höre ich noch Livs Schnarchen. Also setze ich mich halt allein an den Tisch. Das größte Brot aus dem Brotkorb hat die Ehre, mit Butter und Honig angemalt zu werden. Genüsslich schiebe ich es mir in den Mund und beiße ein Stück ab, köstlich.

„Wie oft soll ich dir noch sagen, dass wir erst mit dem Essen anfangen, wenn alle am Tisch sitzen?", schimpft Mama.

Die Haare hat sie in ein Handtuch gewickelt.

„Aber ich habe so Hunger", verteidige ich mich.

Beleidigt klatsche ich das Brot zurück auf meinen Teller und versuche es nicht anzurühren. Das fällt allerdings echt schwer, wenn es mich so nett anlächelt, denn Honig ist eine meiner größten Schwächen. Mama ist schon im Schlafzimmer verschwunden und versucht vermutlich den Bären aus seinem Schlaf zu wecken, was bei ihr echt schwer fällt.

„Ich will nicht aufstehen!", schallt es aus ihrem Zimmer.
Kurze Zeit später hat es Mama aber doch geschafft.
„Ich will aber nicht nach München. Die Jungs wollen die ganze Zeit nur spielen und außerdem nervt Sonja. Sie kommt nie aus ihrem Atelier, indem sie irgendwelche Sachen malt und bastelt. Sie gibt uns die ganze Schuld und mault nur an uns herum. Unser Zimmer sieht auch aus wie eine Abstellkammer und wir sind die Besen, die darin verstaut werden. Also nenn´ mir bitte jetzt noch einen Grund, wieso ich um alles in der Welt dahin soll."

Mürrisch lässt sie sich auf ihren Stuhl plumpsen und verschränkt die Arme vor der Brust.
„Liv ich möchte dir nur einen Grund sagen, warum du nach München sollst: Papa. Er liebt uns über alles und auch die Jungs brauchen uns."
Wiederstrebend nickt sie.
„Hast ja Recht."
Typisch unser kleiner Morgenmuffel. Morgens hat sie immer was zu meckern. Entweder ist die Nutella ekelig, der Tee zu heiß oder ihr Messer ist schmutzig. Aber ich stehe drüber. Jeder hat halt ebenso seine eigenen Macken, die er sich selber ausdenkt, denn es ist alles eine Kopfsache. Also eigentlich ein Talent. Dafür sieht sie aus, als ob sie einer Modellagentur entwischt wäre. Ihre rot gefärbten Haare auf der blassen Haut und ihre schlanken Figur, einfach umwerfend. Ich dagegen habe blonde Haare und eine gebräunte Haut. Meine Figur, na ja, nicht gerade die Bikinifigur schlechthin, aber ich bin zufrieden. Wie heißt es immer so schön? „Man muss nicht perfekt sein, um umwerfend zu sein."
„Bist du bitte so lieb und gibst mir die Marmelade?"

„Äh was, natürlich."

Ich reiche sie Mama und nehme nun endlich den zweiten Bissen meines göttlichen Honigbrotes. Ich nippe an meinem heißen „Waldzauber-Tee", mmh. Liv dagegen trinkt einen Kakao und Mama einen Kaffee.

Ein Blick auf die Uhr verrät mir, dass wir noch genau eine halbe Stunde haben bis Papa kommt. Die Panik-Armee in meinem Bauch stürmt los. Die Verteidigung der Ruhe ist leider sehr klein. Ich esse und trinke als ob jemand ein Feuer unter meinem Stuhl gelegt hätte und stehe so hastig auf, dass der Stuhl und ein Glas Wasser umkippt. Das wiederum bringt Mama fast zum Überkochen. Mit rotem Gesicht läuft sie zur Spüle und holt einen Lappen, wobei sie ungeschickt den Kakao umschmeißt. Jetzt ist auch noch Liv sauer, da sie nun nichts mehr zum Trinken hat.

Ich entrinne dem Ganzen, indem ich aus dem Zimmer laufe und im Badezimmer verschwinde. Die Zahnbürsten-Putzkolonne putzt wie der Wind meine Zähne und reinigt ihre Höhlen. Bei mir haben sich nämlich „Karius und Baktus" eingenistet. Ich freue mich ja darüber, dass sogar Leute in meinen Zähnen wohnen, aber Mum findet das überhaupt nicht toll. Sie will sie sogar vertreiben, indem sie mich zum Zahnarzt schleppt. Die Konsequenzen dafür sind, dass ich brülle und zapple. Leider kennt Mama aber keine Gnade bei so etwas. Ich hab sie trotzdem lieb. Hoffentlich finden meine Freunde bald ein anderes Zuhause.

Schnell laufe ich in „meine Welt" und öffne meinen Kleiderschrank. Es fällt schwer aber schließlich entscheide ich mich für ein Orient-Outfit mit einer roten, weiten Bluse, einem braunen, langen Rock mit Spitzen und einer Frisur, die aus einem geflochtenen Zopf besteht. Meine Ohrringe sind leicht verrostet und haben bunte Perlen. Außerdem hängen sie mir bis zum Hals. Natürlich habe ich auch eine passende Kette, mit einem Halbmond.

Ich gebe unseren Hamstern, Blea und Schraubelocker, noch neues Trinken und ein bisschen Futter.

Mittlerweile haben wir fünf Minuten vor neun. Der Koffer mit den vielen Peace-Zeichen drauf, steht schon abflugbereit an der Tür. Liv ist auch schon im Bad verschwunden. Ich verdrehe die Augen vor dem Spiegel. Sie ist wirklich immer die Letzte, die dort hineingeht. Blitzartig werfe ich nochmal einen Blick auf mein Outfit. Alles sitzt perfekt. Die Türe des Badezimmers schwingt schon wieder auf und eine Welle von Parfüm, Duschgel, Deo und Zahnpasta rollt mir entgegen. Dahinter kommt meine Schwester zum Vorschein. Sie trägt eine graue Leggins, ein lilafarbenes Filzkleid und ihre Haare sind zu einem seitlich hohen Dutt zusammen gemacht. Obwohl sie erst zehn ist und ich 13, kann sie Frisuren viel besser machen als ich. An ihr kann man sehen, dass man nicht die teuerste Schminke und die neuesten Markenklamotten haben muss, um brilliant aus zu sehen. Denn Liv schminkt sich noch nicht mal. Ich hoffe, das wird sie auch nie tun, denn das ist schädlich für die Haut und lässt sie schrecklich aussehen. Sie überdeckt nämlich Poren (durch die die Haut atmet) und so entwickeln sich Pickel. Natürlich legt die Menschheit heutzutage dann eine extra fette Schicht Puder auf, was es aber nur noch schlimmer macht. Liv soll so bleiben wie sie ist und sich nicht hinter Schminke verstecken. Ich meine, wenn sie sich übertrieben schminkt und sich ein Junge irgendwann einmal in ihre geschminkte Seite verliebt, sie sich am Abend abschminkt und er sie nicht mehr erkennt, wäre das ein Weltuntergang. Da soll sie ihm lieber gleich ihr wahres, ungeschminktes Gesicht zeigen, das ist viel schöner.

In meinem Zimmer habe ich sogar eine Postkarte hängen, die das perfekt in Worte fasst:

Bleib einfach du selbst, denn andere gibt es schon genug!

Folterkammer

Jetzt ist es schon 9:30 Uhr.

Mama ist rot wie eine Tomate und ich fürchte ihr innerer „Wut-Vulkan" wird jede Sekunde explodieren. Sie hasst es, wenn Dad zu spät kommt. Es ist aber eigentlich immer so. Gerade öffnet sie den Mund, um wahrscheinlich loszubrüllen, da stoppt sie unsere Klingel.

Ich eile an die Sprechanlage.

„Hallo?"

„Hier ist euer Papsi", kommt es vom anderen Ende der Leitung.

Die Tür öffnet sich mit einem Surren. Liv und ich stürzen in den Treppenaufgang und fallen Papi in die Arme.

„Hallo meine beiden Prinzessinnen."

„Hallo Papa."

Hinter uns tritt Mama in die Tür. Ihre Gesichtsfarbe ist jetzt nur noch rosarot. Hoffentlich merkt Papa es nicht.

„Hallo Dirk."

Papa und Mama umarmen sich kurz.

„Ich gehe noch kurz aufs Klo."

Die Toilettentüre schließt sich knarzend hinter mir.

Von draußen höre ich Mama und Papa reden. Liv verabschiedet sich von unseren Hamstern. Ich nehme ein Buch von „Vater und Sohn" aus unserer Toilettenlesekiste.

„Bist du ins Klo gefallen", ertönt die genervte Stimme meiner Schwester.

„Nein, natürlich nicht. Ich bin gleich fertig."

Schnell wasche ich meine Hände und trockne sie ab. Nie hat man hier seine Ruhe. Das Türschloss dreht sich mit einem leisen Quietschen und gibt den Weg in den Flur frei. Papa und Liv haben schon die Tür geöffnet. Papa ist schwer bepackt mit unseren großen Trollis. Mama segnet uns noch und gibt uns jeweils zwei Küsschen.

„Tschüss, Mama. Bis Sonntag."

„Auf Wiedersehen. Hab euch lieb."

„Du bist die beste Mama der Welt."

„Und ihr die besten Kinder der Welt"

„Tschüss."

Mit diesen Worten drehen wir uns um und stiefeln hinter Papa her, der die Treppe hinunter läuft.

Die Koffer landen unsanft im Kofferraum.

Die Straßenlaternen gehen aus. Sie haben ihre Arbeit für diese Nacht erledigt.

Ich stelle mir vor, vor mir stünde eine Limousine. Der Fahrer legt meinen Koffer behutsam in den Kofferraum. Er öffnet meine Türe und lädt mich mit einer ausführlichen Geste dazu ein, das Auto zu besteigen.

„Auf nach Hollywood."

Der Motor heult auf und die Landschaft fliegt an mir vorbei. Ich kann es kaum erwarten. Meine erste große Hauptrolle! Ich stelle eine Prinzessin dar, die entführt werden soll und von einem edlen Prinzen, namens Desiderio, gerettet wird. Am Ende küssen sie sich. Es wird so herrlich werden. Mein erster Kuss und dann auch noch im Rampenlicht. Das ist echt der Jackpot.

„Wir sind da."

Der Fahrer öffnet mir die Tür. Ich gleite aus meinem Sitz, der aus Samt besteht, direkt auf einen purpurroten Teppich, der von Purpurschnecken gemacht worden ist. Links und rechts hinter den Absperrungen sind Fotografen, Fans, Leute vom Fernsehen und viele viele mehr. Vor mir liegt eine riesige Filmstadt. Hollywood. Ich werde von einem Mann in schwarzem Jacket begrüßt. Er führt mich zu meiner Garderobe und zeigt mir alles. Ich treffe mein Filmteam und...

Ich merke eine ruckartige Bewegung. Verwirrt erwache ich aus meinem Tagtraum. Das Auto hat vor einem großen Haus geparkt. Ein Blick aus dem Fenster zeigt mir, dass wir immer noch in Kempten sind. Genervt blicke ich zu Dad.

„Wieso halten wir", maule ich.

„Ich habe hier noch eine Wohnungsbesichtigung", antwortet er, als wäre es das Selbstverständlichste der Welt.

So eine Frechheit. Außerdem hat er schon drei Wohnungen. Dad kauft echt Wohnungen wie T-Shirts. Wenn er eine Wohnung betritt, sie ihm gefällt, der Preis einigermaßen stimmt, nimmt er sie und hofft, sie sei eines Tages total wertvoll. Beim Shoppen sieht man ein billiges Stück und kauft es, da man hofft es sei irgendwann in Mode, auch wenn es einem jetzt noch nicht unbedingt gefällt.

Papa steigt aus.

„Wollt ihr mitkommen oder bleibt ihr sitzen?"

„Wir kommen mit."

Vor unseren Augen zeigt sich uns ein kleines Häuschens, das anscheinend schon sehr lange verlassen ist, denn die Dachrinne hängt ein bisschen schief, ein paar Dachsteine sind bereits abgefallen und die Fenster quietschen im Wind. Auf der Vorderseite über dem Briefkasten steht das Baujahr: 1978. Ziemlich alte Schachtel. Ich wusste gar nicht, dass wir solche Gruselhäuser in Kempten haben.

„Guten Morgen", ertönt eine tiefe Männerstimme hinter uns.
Liv fährt zusammen und klammert sich fest an meinen Arm, bevor sie sich umdreht.
Die Stimme gehört einer Gestalt, die fast nicht zu erkennen ist, weil sie einen dunklen Umhang trägt, der mit dem düsteren Morgen verschmilzt. Die Kapuze hat sie tief ins Gesicht gezogen.
Dad findet als erster seine Sprache wieder.
„Äh, guten Morgen. Sind sie der Verkäufer dieses reizenden Häuschens?", hinter seinem Rücken verdrehe ich die Augen.

Bei Wohnungsbesichtigungen tut er immer total freundlich (das soll jetzt nicht heißen, dass er sonst nicht freundlich ist, aber zum Beispiel dieses Haus ist alles andere als reizend).
Beim Betreten der Diele knarzt der Holzboden unter unseren Füßen. Ich freue mich, dass das Knarzen uns begleitet, dann sind wir nicht ganz allein mit diesem schrägen Herrn. Ich habe jedoch das Gefühl: Es begleitet uns noch jemand, jemand Unbekanntes. Mein Nacken kribbelt. Ich drehe mich um, doch da ist niemand. Ich glaube aber fest, einen dunklen Schatten die Treppe hinaufflitzen zu sehen.

Nachdem wir die Diele passiert haben, öffnet der Verkäufer die Tür zum „Wohnzimmer“, wobei man sollte es lieber „Höhle-des-Monsters“ nennen, denn als Papa den Rollladen hochziehen will, um sich einen Blick auf die Terrasse zu verschaffen, reist nach einigen Handzügen der Rollo und rattert quietschend wieder hinunter.

„Verzeihen sie, das wird natürlich noch renoviert, bevor sie, bei Interesse, die Wohnung kaufen.“

Nun möchte Papi aber trotzdem die Terrasse begutachten und versucht deshalb einen anderen Rollladen hochzuziehen. Und tatsächlich: Er schafft es.

Während er die „Ruine“ der Terrasse misstrauisch anschaut (denn es liegen dort einfach ein paar Steine bunt zusammengewürfelt), gehen meine Schwester und ich in das „Kinderzimmer“. Mir klappt die Kinnlade runter und Livs Augen sind so groß, wie Tomaten.

Vor uns ist ein Raum mit grauen Wänden, schwarzen Vorhängen und BLUTFLECKEN auf dem Boden. Uugh, das muss ich erst mal verkraften. Bestimmt ist das hier eine Art Leichenhalle oder noch schlimmer eine Folterkammer. Meine Nackenhaare stellen sich erneut senkrecht auf. Was ist, wenn Dad diese Wohnung kauft? Lastet dann vielleicht ein Fluch auf uns oder werden uns die toten Geister verfolgen.

Etwas Schweres berührt meine Schulter.

„Aaah! Hilfe bitte tun sie mir nichts. Ich bin noch zu jung um zu sterben!“

Ich drehe mich mit geschlossenen Augen um, damit ich den Mörder, Henker oder wen auch immer nicht sehen muss und schlage wild auf ihn ein. Ich kratze, zwicke und beiße. Bei Kriminellen kenne ich echt keine Gnade.

„Bist du total verrückt geworden? Lass sofort den armen Herrn los!"

Zwei kräftige Hände packen mich und ziehen mich weg. Ich wage es meine Augen zu öffnen. Oh je, vor mir liegt der Verkäufer zusammengerollt und krümmt sich. Sein Gesicht ist schmerzhaft verzogen. Aus seinem Mund kommen gequälte Laute. Sein Mantel liegt wie ein Totentuch auf ihm.

„Was ist in dich gefahren?"

Meine Schwester guckt mich ungläubig an.

Ja, das wüsste ich selber gern. Ich blicke mich erneut im Zimmer um. Ein Schock durchfährt mich wie eine eiskalte Wasserpistole.

Wie gelähmt starre ich auf ein paar Kinderbilder, die an der Wand hängen. Komisch, vorhin hab ich sie gar nicht gesehen. Die Portraits sind sehr unscharf. Doch auf allen ist der Blick eindeutig: Angst, Trauer und Wut. Sie schauen dem Fotografen direkt ins Gesicht. Über ihnen stehen Geburtszahlen und dort hängen auch noch...

Ach du liebe Güte das sieht aus wie Masken aus Gips. Drumherum sind Zielscheiben gemalt mit der Maske in der Mitte. Ein paar Nadeln stecken jeweils darin. Unter ihnen steht, wann die Kinder gestorben sind. Eine Alarmsirene schallt durch meinen ganzen Körper.

Die erste Person ist 1978 gestorben. Die anderen im Abstand von 10-30 Jahren. Der letzte starb vor 20 Jahren. Oh Gott wie grausam. Ich schaue mir die Namen an:

Becca Sorgenfrei, Theo Sorgenfrei, Anna Sorgenfrei, Manfred Sorgenfrei, Monika Sorgenfrei, Gidion Sorgenfrei, Quendolin Sorgenfrei und als letztes Desiderio Sorgenfrei.

Soll das ein Zufall sein? Genau so hieß mein verstorbener Onkel. Seltsam ist auch, dass immer abwechselnd Mädchen, Junge,... Alle sind nur 13 Jahre alt geworden und alle heißen wie ich mit Nachnamen. Das kann kein Zufall sein. Denn soweit ich weiß sind alle Erstgeborenen meiner Wurzeln mit 13 gestorben.

Ich bin 13!

Ich bin eine Erstgeborene!

Der Unfall

Auf der gesamten Autofahrt spricht keiner ein Wort.

Dad hat den Notarzt gerufen, dass er den Herrn abholen kann, den ich niedergeschlagen hatte. Der Arzt hat mich nur seltsam angeschaut, bevor er die Fahrertür hinter sich schloss und davon sauste. Ich hörte noch kurz der Sirene hinterher, bis sie verstummte. Dad hatte zu dem Mann gesagt, wir würden am Sonntag vorbeikommen und das Krankenhaus bezahlen. Mich hatte er keines Blickes gewürdigt.

„Was hast du dir nur dabei gedacht?“, seine Stimme klingt verachtend.

„Gegenfrage: Hast du das Zimmer gesehen? Es sah aus wie eine Folterkammer.“

„Ach was. Das war nur schwarz gestrichen und ein paar armselige Bilder hingen an der Wand. Das war alles.“

„Armselige Bilder? Das waren Kinder, die alle mit 13 Jahren gestorben sind. Außerdem trugen die alle unseren Nachnamen. Hast du auch das klebrige Blut am Boden gesehen?“

„Von wegen, da haben einfach Kinder mit roter Fingerfarbe gemalt. Und das ist auch lange kein Grund den armen Mann krankenhausreif zu schlagen!“

„Ja, Entschuldigung. Ich dachte er wollte mich auch umbringen.“

„Ha, das glaubst du ja wohl selber nicht.“

Typisch Erwachsene, sehen nur die Realität und tun immer nur so, als würden sie die Fantasie der Kinder nicht verstehen, weil sie ihre eigene vermissen.

Ich schaue in den Rückspiegel. Der Anblick meiner schlafenden Schwester ist so süß. Ihr Mund ist leicht geöffnet und bei jedem Ausatmen pustet sie ein paar Haarsträhnen, die ihr ins Gesicht hängen, weg. Dabei gibt sie leise Schnarchgeräusche von sich.

„Papa bist du noch fit oder sollen wir raus fahren und eine Cola für dich holen, damit du nicht einschläfst?"
„Das wäre vielleicht keine schlechte Idee. Der nächste Schachtelwirt (so nennen wir immer Mc Donalds, weil es dort alles in Schachteln gibt) kommt in fünf Minuten."

Von weitem sieht man schon das gelb leuchtende „M". Ich erinnere mich an die Nacht, in der Papa uns erst um 20 Uhr abholte.

Er hatte dunkle Augenringe und sein Gang war lahm. Mama hatte sehr skeptisch geschaut. Ich war es gewöhnt, dass er etwas müde aussah, deshalb machte ich mir damals nichts daraus. Auf der Autobahn jedoch wurden wir von vielen Schweizern überholt, wir steckten grundlos im Stau und die Kinder im Auto nebenan zeigten uns den Mittelfinger. Über all diese Dinge regte sich Dad nicht auf, sonst tobte er aber immer vor Wut und sagte böse Ausdrücke. Als er dann auch noch total weit auf die Pannenspur fuhr, wurde es mir zu bunt. Ich meinte, wir sollen auf einen Parkplatz fahren, damit er sich ausruhen konnte. Papi jedoch antwortete nur, dass es schon ginge.

Und dann passierte es: Papa glitt das Lenkrad aus der Hand. Er verlor die komplette Kontrolle über sich. Ich schrie. Doch er reagierte nicht. Er sackte nur noch in sich zusammen und fing an zu weinen. Kaum hatten wir ein Auto auf der Überholspur gerammt, waren die Airbags aufgegangen. Liv ist schier erdrückt worden und hatte nach Luft gerungen. Der Aufprall kam und ich sah nur noch schwarz.

Wir wurden mit Blaulicht in die Notstation gefahren. Ich hatte mir schon immer mal gewünscht mit einem Krankenwagen zu fahren, aber definitiv nicht so.

Ich erinnere mich noch haarscharf an den darauffolgenden Tag, an dem Papa mit einem verstauchten Arm, Liv mit einem gebrochenen Zeh und ich mit einem Loch im Kinn nebeneinander im Bett lagen. Sonst hatten wir auch noch viele Wunden, da unsere Vorderscheibe zersplittert ist. Wir haben viel Blut verloren und mussten deshalb Unmengen an ekligen Medikamente nehmen. Die Krankenschwester brachte uns neue Kühlpäckchen und verband die Wunden neu. Als sie das Zimmer verlassen hatte, wünschte ich, sie hätte es nie getan. Denn dann war ein Mann hereingekommen. Er hatte ein eckiges Kinn und dunkle Augenringe. Die verspiegelte Sonnenbrille war ihm viel zu groß und sein Mund grinste hämisch. Er war um die 60. Er wollte wissen, wo ich wohne und wie meine Telefonnummer lautet. Doch ich schwieg. Ich wollte wissen, wieso ihn das interessieren würde. Er wollte meiner Mutter anscheinend sagen, dass ich hier im Krankenhaus liege. In dem Moment war meine Mama jedoch in den Raum getreten. Damit hatte der Mann wohl nicht gerechnet, denn er war schneller aus dem Zimmer verschwunden, wie man Apfel sagen kann.

Das alles ist jetzt ein Jahr her und ich weiß immer noch nicht, wofür er die Informationen über mich wollte.

Dad parkt das Auto und steigt aus. Kurze Zeit später kommt er mit einer Cola in der Hand zurück. Wir setzen unsere Reise fort.

In der Nacht habe ich einen schrecklichen Traum: Meine Mama und ich sind in einem Theater. Es wird Romolus und Remus aufgeführt. In der Pause muss ich dringend aufs Klo. Mami begleitet mich. Es gibt genau drei Toiletten. Die eine Toilette ist noch frei, nachdem Mum und ich in die zwei anderen Kabinen sind. Als ich wieder raus komme, sehe ich, dass sie belegt ist. Unter der Türe läuft verdammt viel Blut durch. Mir wird schlecht und ich bekomme eine Gänsehaut. „Mami, Mami, schau, da hat jemand seine Tage und keine Tampons dabei", rufe ich. Ich erwarte, dass meine Mum sofort neben mich tritt, doch das tut sie nicht. Ich blicke mich um. Ihre Toilettenkabine ist leer. Gerade will ich schreiend weglaufen, als sich die Tür der „Blutkabine" öffnet. Jedoch tritt keine Frau, wie erwartet heraus sondern ein Mann mit einem funkelnden Dolch in der Hand, dessen Klinge blutbeschmiert ist. Der Mann vom Krankenhaus!

Schreiend finde ich mich aufrecht sitzend in meinem Bett wieder. Mein Nachthemd klebt wie ein feuchter Lappen an mir. Meine Haare sind verschwitzt. Meine Hände zittern. Mein Herz läuft einen Marathon. Neben mir Liv. Alles ist unnatürlich normal. Ich nehme meinen Teddy in die Hand, drehe mich auf die Seite und schlafe ewig nicht ein.

Die etwas andere To-do-Liste

„Bum, bum. Wo sind Liv und Seri?“

„Die sind in ihrem Zimmer. Seid leise!“

Trotz des Versuches leise in unser Zimmer zu kommen, knarzt die Tür.

„O.k., sie schlafen noch. Kommt geht wieder raus“

Die Zimmerlampe spiegelt meinen Vater und meine beiden Halbbrüder, Joy und Tomi. Ich dreh mich zu meiner schlafenden Schwester um und mummel´ mich erneut in die Decke, mit der Hoffnung, nochmals einzuschlafen.

Diese dauert leider nur fünf Minuten an, denn erneut nähern sich die winzigen Schritte.

„Liv, Seri aufstehen“, die kleinen Fäuste meiner Geschwister hämmern gegen den Türrahmen.

Liv zieht sich die Decke über den Kopf.

„Können die nicht einmal ihre Klappe halten. Es gibt nämlich so was wie eine Privatsphäre“, grummelt sie.

Das erinnert mich an „täglich grüßt das Murmeltier“, da wiederholt sich auch immer alles und bei meiner Schwester ist es der Morgenmuffel. Aber ich finde es selber nervig.

Ich schaue auf die Uhr.

8 Uhr.

Als ich so klein war wie Tomi, bin ich immer mit einem tragbaren Bauernhof zu Mami und Papi ins Bett gekommen und habe gesagt:
„Bauernhof bildin", das hieß dann soviel wie: „Bauernhof spielen".
Damals waren Mama und Papa genau so begeistert gewesen wie Liv jetzt.

Die Tür geht schwungvoll auf.
„Leute es ist fünf nach acht. Es ist wirklich Zeit zum Aufstehen."
„Dad, wir stehen normalerweise am Wochenende um 10 Uhr auf", gähnt Liv.
„Tut mir leid, aber ihr solltet euch einfach an die Jungs anpassen. Ich muss jeden Morgen schon um 6 Uhr mit den Jungs aufstehen. Ihr könnt das auch gern übernehmen", leicht angesäuert verlässt er das Zimmer oder besser gesagt die Abstellkammer wie Liv es immer zu nennen pflegt.

Da hat sie aber auch wirklich Recht. Ich bin froh, dass ich überhaupt einen Weg gefunden habe, die Leiter für unser Hochbett zu erreichen. Wir müssen uns ein Zimmer mit Dad teilen, also besser gesagt sein Schreibtisch steht vor unserem Bett. Unter unserem Bett haben wir ein pinkes Sofa und einen kleinen rosafarbenen Ikea-Tisch. Hinter der Tür stehen noch ein großer Schrank von Papa und ein Regal.

Mama wundert sich immer, warum wir unser Zimmer Abstellkammer nennen, das hat den Grund, dass alles mit einer Schicht aus Blättern, Unterlagen, Ordnern und was weiß ich allem bedeckt ist. Es sieht so aus, als wäre eine Kanone mit Arbeitsutensilien explodiert.

Papa arbeitet so gut wie den halben Tag, nebenbei macht er noch den Abwasch, kümmert sich um die Jungs, kocht das Essen und macht den Haushalt. Sonja hilft ihm so gut wie gar nicht. Sie zeichnet bloß, räumt die Wohnung um, mistet Sachen aus, die sie dann in unserem Zimmer verstaut. Von dem her könnte man unser Zimmer auch „Zimmer-das-man-nicht-braucht" nennen.

Ich klettere die Leiter hinunter und öffne die Türe in den Gang.

Das zweite Zimmer links ist die Küche, wo meine Brüder mit Dad beim Frühstück sitzen. Liv tritt hinter mich. Ihre Haare sind säuberlich zu einem Pferdeschwanz hochgebunden.

„Duden Morden Liv und Seri."

„Morgen."

Ich nehme zwischen Tomi und Joy Platz. Liv starrt nur auf den Tisch.

„Wo ist die Nutella (ohne die sie nicht leben kann)?"

„Welche Nutella? Bei uns gibt es keine Nutella mehr", erklärt Papa leicht irritiert.

„Was soll das heißen", mault Liv Papa an.

„Sonja meint, das ist zu ungesund für die Jungs und von dem her gibt es bei uns keine Nutella mehr. Sorry, ich weiß du magst keine Marmelade, Butter und Honig, aber ich kann es leider nicht ändern."

Schlecht gelaunt setzt sie sich auf den freien Platz neben Tomi. Der spürt sofort, dass seine Schwester wütend ist und streichelt ihre Hand.

„Nid laurid sein. Id mud au was andered essen."

Ein kleines Lächeln huscht über ihr Gesicht.

Obwohl Tomi erst drei Jahre ist, merkt er immer, wenn etwas mit uns nicht stimmt.

Ich versuche das Thema zu wechseln:

„Machen wir heute wieder unseren Aldi Einkauf?"

„Nein, heute nicht", entgegnet Papa.

„Aber Samstag ist doch immer unser Einkaufstag."

„Sonja bestellt nun alles über´s Internet, damit wir nicht immer einkaufen müssen", klärt Papa uns auf.

„Das hat uns aber doch immer so viel Spaß gemacht", kontere ich.

Liv blickt von ihrem Teller auf, wo sie sich einen Toast ohne alles platziert hat.

„Genau, wir haben doch nie darüber genörgelt oder uns beschwert und außerdem - kostet das nicht total viel Geld?"

„Das Benzin ist genauso teuer."

Nachdenklich blickt Papa auf seinen Joghurt mit Trauben, Haferflocken, Milch und hartem Brot.

„Dafür haben wir nun einen Vormittag mehr Zeit einen Ausflug zu machen."

Wo er Recht hat, hat er Recht.

Ich blicke auf die Marmelade in meiner Hand. Ein großes „Bio-Schild" prangt auf der Vorderseite. Mittlerweile ist meine Laune auch im „Minusbereich".

Sonja gewinnt allmählich die Oberhand in der Familie. Sie denkt, sie könnte alles entscheiden. Meine Schwester und ich dürfen sie jedoch nicht einmal anmaulen, weil das bekommt sowieso nur Dad zu spüren. Und wenn Papi sie zurechtweist, ist sie gleich wieder auf 180 und bessert sich sowieso nicht. Manchmal hat sie zwar auch gute Seiten, zum Beispiel als Papa vor drei Wochen gesagt hat, einer von uns könnte auch mal um 6 Uhr mit den Jungs aufstehen, sowie er es vorhin gesagt hat, hat sie abgewehrt, Liv und ich seien dafür noch zu jung und er solle sie mal wecken. Sie steht trotzdem nicht auf (eigentlich auch weil Dad ein zu gutes Herz hat und sie nicht aufgeweckt hat. Na ja, sie könnte ja auch von selbst aufstehen. Davon kann ich jedoch nur träumen).

Ja solche kleinen Momente, in denen man denkt, sie ändert sich, gibt es leider nur sehr selten. Ändern tut sie sich jedoch nicht. Egal was man versucht. Sie denkt, es gibt keine Pflichten und sie kann nur in ihrer Traumwelt leben. Das beste Beispiel dafür ist die am Kühlschrank hängende To-do-Liste: „1. Dream 2. Be happy 3. Love 4. Relax 5. Feel free“. Am Fenster hängt ein Fensterbild: „Einfach tun was richtig ist, lassen was nichts bringt, lieben wen wir lieben und leben, was wir fühlen.“

Ich möchte damit ja nichts gegen Träumer sagen, weil ich selbst einer bin, aber sie lebt ausschließlich in ihrer Traumwelt und die Realität interessiert sie überhaupt nicht. Ich versuche zumindest, die Realität mit meinen Träumen zu verbessern.

„Ok, und was wollen wir sonst machen?“, erkundigt sich Liv.

„Wir können in Zoo gehen“, schlägt Tomi vor, während er seine marmeladenbeschmierte Brötchenseite sich ins Gesicht klatscht, sodass die Mitte des Brötchens an seinem Mund ist.

„Was soll das bitte werden junger Mann?“, poltert Papa los, „Dein gesamtes Gesicht ist total rot.“

„Aber ich wollte doch mid der Midde anfangen. Die is immer am ledersten.“

Oh Gott, in solchen Augenblicken wünschte ich, ich könnte ihn mit nach Hause nehmen und er würde bei uns wohnen.

Papa verdreht die Augen, das macht er sonst nie, außer wenn er einen von uns Kindern einfach nicht versteht. Ich finde das eigentlich logisch, denn die Mitte finde ich selbst auch am leckersten.

„Ich möchte auch in den Zoo. Können wir dann die Giraffen anschauen?“, klickt sich Joy in das Gespräch mit ein.

„Oh ja und ich möchte die Elefanten sehen“, sage ich.

„Und ich den Sleichezoo, mit den Laninchen“, ruft Tomi dazwischen, der mittlerweile ein großes Loch in der Mitte seines Brötchens hat.

„Aber die tollsten Tiere sind doch die Löwen. Die möchte ich unbedingt sehen“, findet meine Schwester.

„Nein, der Sleichelzoo ist doch am schönsten.“

„Quatsch, das sind definitiv die Elefanten.“

„Keine Frage, die besten Tiere sind die Giraffen mit ihren langen Hälsen.“

Die Küchentür schwingt auf und ein „Geist“ betritt die Küche.

„Morgen Kinder. Habt ihr gut geschlafen?“, fragt Sonja, die in ihrem langen weißen Nachthemd, den zerzausten Haaren und der hellen Haut wirklich wie ein Gespenst aussieht.

Die Wohnung hier, die ja schon über 100 Jahre alt ist und auch so aussieht, dazu noch unordentlich ist, würde eine prima Ruine abgeben.

„Mami, Mami, wir gehen heute in den Zoo", jauchzt Joy und tanzt, wie ein Indianer um seine Mutter herum.

„Wirklich, das ist zwar toll, aber das Wetter soll heute regnerisch werden. Ich schlage vor, ihr verbringt einen schönen Tag im Museum. Zuerst gönne ich mir jetzt aber eine Dusche."

Mit diesen Worten verschwindet sie genauso schnell, wie sie gekommen ist. Wir schauen ihr verdattert hinterher. Mit zusammengepressten Lippen, um wahrscheinlich nicht loszuschreien, erklärt Liv:

„Serafina und ich gehen uns mal anziehen", ohne eine Antwort abzuwarten packt sie mich an der Hand und zieht mich hinter sich her in unsere „Abstellkammer".

Jetzt explodiert die Bombe.

„Diese Frau, sie verdient es nicht mal, mit Frau angesprochen zu werden. Sie macht all unsere tollen Pläne kaputt und schlägt dann irgendwas Langweiliges vor. Hallo, wir sind doch nicht aus Zucker. Dann nehmen wir eben einen Regenschirm mit, aber mich bringen keine zehn Ochsen in dieses öde Museum. Die hat sie doch nicht mehr alle! Von der lass ich mir sicher nichts sagen. Außerdem hat Dad zu uns gesagt, wir sollen uns an die Jungs anpassen, äfft sie ihn nach, aber Sonja darf bis in die Puppen schlafen. Das ist so ungerecht! Dad, der sich den ganzen Tag um alles kümmert, darf jeden Tag nur bis 6 Uhr schlafen. Die Faulenzerin dagegen..."

„Hey", schneide ich ihr das Wort ab, „Komm mal wieder runter. Ich weiß, ich finde das auch nicht so toll und wir werden auch in den Zoo gehen, dafür werde ich sorgen, aber sie ist genau im Zimmer neben uns und hätte die Möglichkeit, alles mit zu hören"

Mit hochrotem Kopf starrt mich meine kleine Schwester an. „Ach du immer mit deinem Beruhigen. Du verstehst mich doch überhaupt nicht."

Sie klettert die Leiter rauf und verkriecht sich unter der Decke.

Leise gehe ich aus unserem Zimmer und laufe wieder in die Küche. Vom Wohnzimmer kann ich die Jungs hören, wie sie Lego bauen und vom geheimen Ort hört man leise Wasser plätschern. Ich schließe daraus, dass Papa ganz allein in der Küche sein muss.

Gerade ist er dabei den Tisch abzuräumen und das Geschirr in der Spülmaschine zu verstauen.

„Dad, kann ich dich mal eben sprechen?"

Er blickt zu mir auf. Seine Augen sind eigentlich nur noch kleine Schlitze.

„Aber natürlich mein Schatz. Für dich bin ich doch immer da."

Ich wünschte, er würde diesen letzten Satz noch mal für mich wiederholen, aber er blickt mich nur erwartungsvoll an.

„Ich hab dich lieb Papa."

„Ich dich auch mein Engel."

Er trocknet sich die Hände mit dem Geschirrtuch ab und setzt sich an den Tisch.

„Was gibt es?"

Ich platziere mich gegenüber von ihm.

Seine blauen Augen schauen mich fragend an. Ich weiche seinem Blick aus. Für die nächste Frage muss ich meinen ganzen Mut zusammennehmen:

„Stört es dich eigentlich nicht, dass Sonja allmählich das Kommando in unserer kleinen Familie übernimmt?", huh, es ist draußen.

Ich bin stolz auf mich. Doch der Stolz verpufft, als ich Papas Gesicht sehe. Seinen Kopf hat er in den Händen vergraben und seine Haare sind leicht zerzaust, also ich meine, was man bei einer fast Glatze zerstruppeln kann.

Zum ersten Mal seit dem Autounfall letztes Jahr höre ich ihn schluchzen. Es klingt so verzweifelt, herzzerreißend und bemitleidenswert. Sonst ist Papa eigentlich immer selbstbewusst und stark. Jetzt jedoch sieht er aus wie ein kleines Häuflein Elend.

„Hab ich was Falsches gesagt?", flüstere ich schuldbewusst.

„Nein, es ist nur... Ach, ich weiß einfach nicht, was in mich gefahren ist. Seit ich mich von eurer Mutter getrennt habe, denke ich, ich bin nicht mehr ich selbst. Und ich weiß, dass Sonja allmählich die Oberhand gewinnt, aber ich habe momentan einfach nicht die Kraft, mich ihr in den Weg zu stellen. Ich weiß auch, dass das hier nicht der Traum von Wohnung ist, den ihr euch vorstellt, aber ich habe zurzeit nicht die Zeit nach einer neuen für uns zu suchen, wo ihr euer eigenes Zimmer habt", dabei schweift sein Blick für einen Moment von mir weg.

Insgeheim weiß ich, dass er sich schon lange ein kleines Haus am See mitten im Wald neben einer Laufbahn wünscht.

Ich habe nämlich mal beim Ausmisten ein kleines Bild gefunden. Es war in einem Gold angemalten Bilderrahmen in einer

Kiste, wo „Schätze" draufstand. Außerdem waren da noch ein Ton-Wattwurm von Amrum drin, den Liv ihm mal mitgebracht hat, ein Schwarz-Weiß-Bild von Mamas und seiner Hochzeit, vier kleine Fotos von uns vier Kindern und eine kleine Handcreme, die ich ihm mal zum Geburtstag geschenkt hatte. Und auf diesem Bild war eben sein Traumhaus abgebildet. Sonst malt Papa eigentlich nie. Er lacht auch sehr selten, was ich ziemlich traurig finde.

„Hilfe, Hilfe, Serafina, Papa. Wo seid ihr?"

„Schätzchen wir sind in der Küche."

Atemlos hält sich Liv keuchend am Türrahmen fest.

„Ganz ruhig. Einatmen und ausatmen und..."

„Man Serafina kannst du einmal mit deinen blöden Yogaübungen aufhören?", brüllt sie mich an, „Joy hat eben in die Wanne gemacht."

„Ja und, das hast du als Baby auch immer gemacht."

„Ich weiß, aber er hat Kaka in die Wanne gemacht"

„Was! Und wer beaufsichtigt die beiden gerade?"

„Weiß nicht. Sonja ist gegangen als sie gesehen hat, dass Joy ins Wasser gemacht hat. Das ist halt wieder so typisch. Immer wenn die Pflicht ruft, findet man sie nirgendwo, weil sie sich vor den schweren Aufgaben des Lebens drückt."

„Es reicht!", entfährt es Papa, „Auch wenn euch die Situation überfordert, ich bin kein Roboter, der alles gleichzeitig machen kann. Ich bin dabei eine Lösung für alles zu suchen und ich bin mir sicher, wir finden eine, denn wie heißt es so schön? Sorgenfreis finden für jedes Problem eine Lösung."

„Du hast Recht, Dad."

Als wir das Badezimmer betreten, durchfährt uns ein regelrechter Schock. Tomi ist gerade dabei, ein braunes Etwas zu packen.

„Stopp, nicht anfassen!"

Papa hebt Tomi und Joy aus der Badewanne.

„Aber ich will noch nicht raus! Wir hatten grad so viel Spaß", protestiert Joy.

Liv und ich wechseln einen angewiderten Blick.

„Wir haben gerade gespielt, dass wir Piraten sind und wir einen Schatz rauben und dann ist es plötzlich raus gerutscht."

„Ist o.k., aber geh´ das nächste Mal bitte vor dem Baden aufs Klo", mit diesen Worten wickelt er die Jungs in Handtücher.

Sie sehen sooo süß aus. Auf Joys ist ein Bauarbeiter und auf Tomis ein Pirat.

Mir drückt er den fröstelnden Tomi in den Arm und Liv den kichernden Joy, der das alles total witzig findet.

Ich lege Joy auf die Matratze am Boden und hole aus der obersten Schublade, des Schrankes Unterwäsche und aus dem Regal einen grünen Pulli und eine dunkelblaue Hose. Liv hat gerade Tomi eine Höschenwindel angezogen und wird nun von ihm gefragt:

„Is Papa böse auf Joy?"

„Aber nein, er ist zurzeit nur etwas gestresst und deswegen so reizbar. Auch wenn er manchmal mit euch schimpft, er meint das nicht böse und es hat überhaupt nichts mit euch zu tun. Das müsst ihr euch merken, o.k.?"

„Mmh."

„Gut und jetzt macht nicht so lange Gesichter, wir wollen schließlich in den Zoo."

Es gibt keine Probleme nur Herausforderungen

Eine Stunde später stehen wir endlich vor einem großen Eingang. Darüber prangt das Schild: Münchner Zoo.

Eine Frau läuft an uns vorbei. An der Hand hält sie eine Leine, an die ein schwarzer Hund gekettet ist. Seine lange rosa Zunge, die aussieht wie ein rosa Waschlappen, schlabbert aus seinem Maul. Auf einmal sieht er mich an. Mit seinen feuerroten Augen. Die Jungs verstecken sich hinter meinem Rücken und klammern sich ängstlich an meine Arme.

Dieser Blick, diese Hundeaugen.

„Liv schau mal die Augen des Hundes. Sie sind feuerrot."

„Sera, ist alles in Ordnung?", wild fuchtelt sie mit ihrer Hand vor meinem Gesicht auf und ab.

„Ich sehe keine roten Hundeaugen, nur einen süßen Hund."

Aber wie kann das sein? Ich sehe doch die roten Augen. An irgendwen erinnert mich dieser Blick aus Angst, Trauer und Wut.

Meine Schwester zieht mich am Ärmel hinter sich her. Papa bezahlt an der Kasse.

„Papa können wir einen Bollerwagen nehmen?", fragt Joy und zupft ihn am Hosenbein.

„Ja, ja, mach mal keine Hektik!"

Tomi springt fröhlich voraus.

„Da vorne is Follerwaden", jubelnd hopst er um die eigene Achse und gluckst dabei so süß.

Leise schleiche ich mich an ihn ran und wirbele ihn im Kreis herum. Er lacht nun aus vollem Hals. Kleine Freudentränen kommen aus seinen meerblauen Augen.

Es gibt verschiedene Wägen. Einen mit Elefanten, einen mit Schwänen, einen mit Affen und einen mit Marienkäfern.

„Können wir den mit dem Affen nehmen?", erkundigt sich Joy und hopst rein.

Tomi gleich hinterher.

„Aha... zwei Euro... Schlitz... ok", murmelt Papa vor sich hin, während er die Anweisung zum Ausleihen überfliegt und dann ein zwei Euro-Stück aus der Hosentasche zieht.

Er steckt es in den Schlitz, der an der Stange zum Schieben angebracht ist. Doch kaum hat er es rein gedrückt, steckt es fest. Er zieht und drückt und zieht und drückt.

„Ähm Dad, kann man dir irgendwie behilflich sein?", frage ich ihn.

Liv liest sich derweil nochmal die Anweisungen durch, aber richtig. Nach kurzem stellt sie fest:

„Dad da steht, man soll sich an der Kasse eine Wertmarke IM WERT von zwei Euro holen und die in den Schlitz stecken. Nicht die Münze."

„Oh", verlegen läuft er zurück zur Kasse.

Liv verdreht die Augen und Tomi kichert schon wieder los:

„Nomal! Mach dat nomal", verlangt er.

Also verdreht sie solang die Augen bis Papa wieder kommt und ihr die Augen wehtun. Triumphierend hält Papi eine Zange in der Hand mit der er nun die Münze aus dem Schlitz zieht und die Wertmarke hineinsteckt. Er löst den Wagen von der Halterung.

„Die Frau hat gesagt, wir sind schon die dritten heute, die nach der Zange fragen."

Schmunzelnd laufe ich ihm hinter her.

„Schaut Kinder, es gibt überhaupt keine Probleme auf dieser Welt, sondern nur Herausforderung, die das Leben einem stellt."

Nachdem wir bei den Seerobben, den Affen, die aussahen wie echte Menschen und einer davon sogar Ähnlichkeit mit unserem Onkel hat, den Stieren, den Waschbären und den Schlangen waren, haben wir einen riesigen Hunger.

„Guckt mal, da vorne ist eine Bank. Direkt bei den Elefanten. Dort könnten wir doch unseren Proviant essen", schlägt Liv vor.

„Oh ja!", brüllen Tomi und Joy wie aus einem Mund und purzeln aus dem Wagen.

Schnell rennen sie auf die Bank zu. Joy setzt sich ganz links hin. Tomi hebt sein Bein an, doch leider ist es noch ein bisschen zu kurz. Sein Fuß streift grad so die Sitzfläche. Ich hebe ihn hoch. Dad holt das Essen aus dem Rucksack. Zum Vorschein kommen: Tomaten, Gurken, belegte Wurstbrote, Salametti und eine Trinkflasche. Liv greift nach dem Brot. Ich stibitze mir drei Tomaten und eine Gurke.

Die Jungs vergnügen sich mit Salamettis und liefern sich damit eine „Wurst-Schlacht", als ob die dünnen Würstchen ihre Schwerter wären. Zwischendurch beißen sie von ihren Waffen ab, bis keine mehr da sind. Sie laufen zurück. Ich strecke ihnen die offene Wursttüte entgegen, damit sie nicht extra auf die Bank klettern müssen, um Nachschlag zu holen.

„Esst aber auch noch etwas Gemüse und ein Brötchen. Damit ihr groß und stark werdet, wie Piraten und Bauarbeiter", schlage ich ihnen vor.

„Essen die etwa auch so ekliges Zeug? Ich dachte, die plündern nur Schiffe und rauben Gold."

„Und ig dachte, die Bauarbeider edden immer Pommes und arbeiden die lanze Zeit."

„Aber nein, sonst hätten sie ja gar keine Kraft, um Schiffe zu plündern und Häuser zu bauen. Ihr müsst nämlich wissen, Tomate heißt auf „Piraten-Sprache" „Piraten-Power" und Gurke heißt „Muskeln für Bauarbeiter"", improvisiere ich, weil die kleinen Bengelchen sonst keinen Bissen davon nehmen.

Jetzt jedoch stürzen sie sich gierig auf die Tupperdosen mit dem Gemüse.

„Gut gemacht, wusste gar nicht, dass du dir so schnell andere Worte für Essen ausdenken kannst", lobt mich meine Schwester.

Ihr Wurstbrot ist schon zur Hälfte weg.

Ich schaue zu meinem Vater.

Er starrt „Löcher" in die Luft, was er in letzter Zeit ziemlich oft tut. Eigentlich dürfte schon gar kein Himmel mehr existieren, so viele Löcher hat er schon hineingemacht. Als er meinen Blick bemerkt, lächelt er mich mit einem Ausdruck im Gesicht an, wie ich ihn noch nie gesehen habe: Da war Verzweiflung und Aussichtslosigkeit und Sehnsucht. Bei meinem selbstbewussten Dad! Das ist fast so unmöglich, wie die Tatsache, dass Donnerstag und Montag an einem Tag sind. Doch es stimmt. An wen oder was er gerade wohl denkt.

Etwas Nasses berührt meine Nasenspitze. Ich öffne die Augen. Es beginnt zu tröpfeln. Na toll und wir sind noch an keinem einzigen Lieblingstier von uns vorbeigekommen, außer den Elefanten. Papi ist inzwischen aus seiner Trance erwacht und packt hastig das Vesper zusammen. Die Jungs haben sich unter einem großen Baum mit vielen Blättern verkrochen und laut dem Geheul, das sie von sich geben, tun sie so, als wäre der Baum der Marterpfahl und sie tanzen wild um ihn herum.

„Jungs, kommt sofort unter den Regenschirm“, weist Liv die beiden zurecht und läuft auf sie zu.

Wobei sie rennt eher, damit ihre neuen Sneakers nicht schmutzig werden. In der Hand hält sie einen rosafarbenen Regenschirm, auf dem der Eiffelturm abgebildet ist. Sie träumt schon immer von einem Urlaub in Paris. Doch leider gibt es nur sehr teure Flüge und da wir uns es nicht leisten können und ich zudem immer voll den Ohrendruck beim Landen bekomme, klappt das nicht. Außer, was ich total cool finde beim Fliegen, denn einmal sind wir schon nach Spanien geflogen, ist, dass am Ende so ein Trompetensignal kommt, das bedeutet, dass man jetzt gut gelandet ist.

„Hey Serafina kommst du?“

Oh je meine restliche Familie ist schon vorausgegangen. Dad hält mir seine Hand entgegen. Schnell renne ich zu ihm hin und lege meine kleine Hand in seine große. Wir beeilen uns zum Ausgang zu kommen. Wir bringen den Wagen zurück und ketten ihn wieder an. An der Kasse geben wir die Wertmarke mit der Zange zurück. Die Frau lächelt uns amüsiert zu.

Kaum schlage ich die Beifahrertür zu, zerteilt ein Wutblitz von Gott den schwarzen Himmel.

„Einundzwanzig, zweiundzwanzig, dreiundzwanzig."

Es donnert.

„Ok, das Gewitter ist 0,9 Kilometer entfernt", gibt Liv Auskunft.

„Schön. Sind alle angeschnallt?", erkundigt sich Papa.

„Jip",

„Jep",

„Jo", kommt es von der Rückbank zur Antwort.

„Hättet ihr Lust auf eine kleine Kaffepause beim französischen Bäcker?", fragt er weiter.

„Ja, ich hab schon wieder Hunger", meldet sich Liv.

„Bedonn ich dann ein Lason?"

„Aber natürlich bekommst du ein Croissant Tomi. Und was möchtest du Joy?"

„Ich möchte eine Käsestange, Papi"

„Gut, ich bevorzuge einen Espresso", seufzt Papa sehnsüchtig.

Das Auto biegt um eine scharfe Links-Kurve. Am Ende der Straße sieht man schon das große Schild: „Frühstück, auf Französisch".

Es donnert erneut.

„Ich hab Andst. Wieso müssen Dötter wieder schleiten?", bibbert Tomi und klammert sich verängstigt an den Arm meiner Schwester.

Er ist der Einzige, der mir mit der Fantasie nachfolgt.

„Sera, hast du ihm das erklärt? Das ist doch völliger Babykram. Es blitzt, weil die Wolkenschichten so fest aneinander reiben. So wie bei Feuersteinen und das Geräusch, das dabei entsteht ist dann der Donner", streberisch streckt sie den Kopf hoch und fuchtelt wild mit ihrem Zeigefinger in der Luft herum.

Ich frage mich wieso sie nicht an meine Erklärung glaubt. Sie verdirbt mir echt jede Träumerei.

Dad parkt das Auto zwischen einem roten Audi und einem dunkelblauen BMW.

Als die Schwingtür aufgeht, kommt uns ein „Parfüm" entgegen von Wärme, frischen Brötchen, Zimtschnecken, Parfüm, Deo , Regen, Gemütlichkeit und Frieden. Wir suchen uns einen freien Tisch ganz hinten am Fenster aus. Die Wände sind voll mit Bildern vom Eiffelturm und Cafés in Frankreich. Ich studiere die Speisekarte. Die anderen wissen schon was sie nehmen und geben gerade einer Bedienung ein Handzeichen, dass sie uns bedienen kann.

„Bonjour, was kann ich ihnen bringen?", sie spricht mit einem süßen Akzent.

Ihr blonder Pferdeschwanz wippt witzig hin und her. Die Lippen sind brombeerrot geschminkt und ihre Schürze mit den Muffins drauf hat einen braunen Kaffee-Fleck. Außerdem trägt sie bonbonpinke Schuhe mit hohen Absätzen.

„Bonjour, wir hätten gerne..."

„Ich will ein Lason", quängelt Tomi.

„Entschuldigen Sie, er meint natürlich ein Croissant", erklärt Papa der komisch-drein-schauenden Frau, „Außerdem bitte noch eine Käsestange, einen Espresso und - äh Girls - was wollt ihr?"

„Ich nehme ein normales Brötchen", bestellt Liv.

Hah, das ist so typisch. Von wegen normal, ich mein', ich könnte auch sagen: eine normale Pizza oder ein normaler Stein. Es ist alles normal und doch so besonders.

„Serafina, träumst du etwa schon wieder? Die Bedienung...", dabei blickt Papa sie so freundlich an, „würde gerne deine Bestellung wissen."

„Ach so, äh ja. Ich nehme einen Kräutertee."

„O.k., und welchen?"

„Einen Meerestraum, bitte."

„Wird erledigt."

Sie dreht sich um und läuft mit kleinen klackernden Schritten zurück hinter den Tresen.

Ich schaue aus dem Fenster.

Draußen läuft eine Frau mit ihrem Hund Gassi. Ein Mann zündet sich eine Zigarette an und nimmt einen Schluck aus seiner Bierflasche.

Ich finde Alkohol und Rauchen ist das Schlimmste, was man sich antun kann. Ich meine, was bringt das bitte? Man verpestet die Luft, man bekommt Krebs, der ganze Körper wird zerfressen, man wird abhängig, weiß nicht mehr, was man tut und stirbt viel früher. Oder man fährt mit drei Promille Auto, baut einen Unfall, beendet das Leben unschuldiger Menschen und hat ein Schuldgewissen, wenn man es überhaupt überlebt. Ich sehe da keinen einzigen Vorteil und abnehmen tut man auch nicht.

„Kinder," ich zucke zusammen und drehe mich zu Papa, „ich möchte euch etwas Wichtiges sagen: Ich weiß, in letzter Zeit ist es sehr schwierig mit Sonja geworden", er macht eine kurze Pause, „Sie hat mir gesagt, sie möchte, dass wir nur zu viert zum Familienfest an den Chiemsee gehen (einmal im Jahr trifft sich dort Sonjas Familie)."

„Moment, das bedeutet ja, dass zwei nicht mitkönnen. Also Sonja und...", schlussfolgert Liv.

„Es tut mir leid, ich versteh das auch nicht. Sie will, dass ihr nicht mitkommt."

Mir klappt die Kinnlade runter. Und ich glaube ich sehe ziemlich bekloppt aus, da die Bedienung den Kopf schräg legt und mich so komisch anschaut.

„Ist alles in Ordnung? Kann ich Ihnen helfen?", erkundigt sie sich.

Schnell mache ich meinen Mund wieder zu.

„Nein, nein alles gut. Danke der Nachfrage", antwortet Dad für mich.

Die Blondine mit den klackernden Schuhen stellt uns das Essen vor die Nase. Den Espresso serviert sie auf einem rosa Tablett. Auf den Milchschaum ist aus Kakao ein Blatt gestreut worden.

Kaum ist sie weg, schieße ich sofort los:

„Wieso will sie uns nicht dabei haben? Wieso ist sie in letzter Zeit so gemein zu uns? Wieso kommt sie nicht mehr aus ihrem Atelier? Wieso hilft sie dir nicht mehr? Wieso? Wieso? Wieso?", ich beiße die Zähne zusammen um nicht loszuweinen und total auszurasten.

Drei Wieso-Fragen habe ich mich nicht getraut ihn zu fragen:

Wieso muss mir das passieren? Wieso bin ich in die kompliziertteste Familie geboren worden? Wieso kann es nicht einfach so sein wie früher, als wir noch eine Familie waren?

In mir bricht eine Welt zusammen. Ich fühle mich verlassen, ausgeschlossen, nicht verstanden - einfach, wie als würde ich gar nicht hierher gehören. Das ist einfach nicht meine Welt. Das ist nicht mein Leben - nicht das, was ich leben will.

Ich verschränke die Arme auf dem Tisch und lasse meinen Kopf schluchzend darauf fallen. Jetzt kann ich die Tränen einfach nicht mehr zurückhalten. Anscheinend bin ich ein bisschen zu laut. Die Leute am Nachbartisch haben sich bereits misstrauisch zu uns umgedreht. Das ist mir allerdings sowas von egal. Sollen die bloß gucken bis sie schwarz werden. Papa lächelt ein entschuldigen-des Lächeln in die Runde zu den Nachbartischen.

Liv ist im Stuhl runtergerutscht. Wahrscheinlich vor Scham. Tomi fängt ebenfalls an zu weinen, weil er es nicht leiden kann, wenn andere weinen. Joy ist der Einzige, der cool bleibt. Er versucht nämlich, während der ganzen Aufregung Papas Keks zu stibitzen, der beim Espresso dabei war. Leider bemerkt das Tomi und fängt sofort noch kräftiger zu heulen an, weil Joy vor seinen Augen blitzschnell das Gebäck verputzt hat.

„Ähm, Leute, alle schauen uns an“, berichtet meine Schwester von unter dem Tisch und kratzt sich dabei verlegen am Ohr.

Als ob wir das noch nicht bemerkt hätten. Papi lässt sich aber nicht beirren und redet weiter:

„Ihr dürft das nicht persönlich nehmen. Das hat überhaupt nichts mit euch zu tun.“

Tja, ich nehm' es trotzdem persönlich. Ich meine, schließlich will sie ja gerade MICH UND LIV nicht dabei haben und Dad schon.

„Ach und da ist noch etwas: Sie möchte, dass ihr ab jetzt nicht mehr in unsere Wohnung kommt. Erstens möchte sie ihre Ruhe haben und zweitens ist es auch zu anstrengend für die Jungs, wenn ihr da seid. Sie sind dann immer total übermüdet. Es tut mir so leid für euch, aber eines Tages wird das alles besser werden! Unsere beste Zeit kommt noch!“

Als ob die Nachricht davor noch nicht gereicht hätte.

Liv kriecht unter dem Tisch hervor und Tomi hört auf Tränen zu vergießen, da ich auch aufgehört habe. Meine Brüder schauen nur verständnislos drein.

„War das deine Entscheidung oder ihre?“, fordert Liv ihn heraus.

Die Antwort auf meine Frage ist betretenes Schweigen.

Eine neue Emotion macht sich jetzt in meinem Bauch breit. Es fühlt sich kribbelig an, kampflustig, feurig, schön, mächtig, unbesiegbar. Meine innere Rebellin erwacht in mir! Sie explodiert in mir wie eine Bombe.

Der Motorradfahrer

Auf der Rückfahrt sprechen wir kein Wort.

Meine Brüder schlafen, Liv hört Musik auf dem MP3 Player und da ich kein Handy habe und auch keins brauche, mache ich das was ich am liebsten mache: Ich schaue aus dem Fenster. Im Radio läuft gerade der Song: „Mama Mia". Der passt aber nicht so wirklich zu der traurigen, trüben und unerträglichen Stille, die sich wie eine Decke über dem Auto ausgebreitet hat. Deshalb schalte ich weiter. Auf Antenne Bayern kommt das neue Lied von Alan Walker: „Faded". Das passt perfekt zu unserer Situation. Denn es geht bei ihrem Song auch um Verlassenheit und Verzweiflung.

Neben mir saust ein Wald vorbei. Er sieht sehr geheimnisvoll aus mit den dunklen Tannen und den kleinen Feen in weißen, verschleierten Kleidern. Sie tanzen einen ruhigen und besänftigten Tanz. Doch die Menschheit von heute nennt das nur noch Bodennebel. Total einfallslos! Sie haben gar keine Zeit mehr, die kleinen Dinge im Leben zu betrachten. Sie versäumen das kleine Glück, während sie auf das große vergebens warten.
„So ein Arschloch!", Papas Ausruf wird von einem kräftigen Hupen unterstrichen.
Der Motorradfahrer, der auf der Pannenspur überholt, zeigt meinem Vater zur Antwort den Stinkefinger und tritt richtig aufs Gaspedal. Durch den Lärm sind Tomi und Joy aufgewacht. Sie schauen wie zwei Geister. Liv nimmt verschreckt die Kopfhörer ab.

„Papi, nicht aufregen! Wer zu den Sorgenfreis gehört, der ist auch sorgenfrei! Der Mann ist es nicht wert, dass du dich über ihn aufregst."

„Du hast Recht Sera. Danke."

Dank meiner beruhigenden Worte lehnen sich die Kleinen wieder ganz entspannt zurück und schließen die Rollläden (die vom Auge). Liv setzt erneut ihre Kopfhörer auf und starrt vor sich hin.

Auf einmal fängt das vordere Auto damit an, das Warnsignal zu blinken.

Na toll, wir stehen im Stau.

Hoffentlich kommt bald unsere Autobahnausfahrt. Doch als ich nach vorne schaue, erfasst mich sofort Mitleid und meine ganzen Probleme verpuffen. Die Fahrzeuge bilden eine Rettungsgasse, was bedeutet, dass der Unfall erst vor kurzem passiert sein kann.

„Lieber Gott, bitte lass die Opfer nicht zu schlimm verletzt sein und lass sie weiter leben. Gib ihnen Menschen, die sie aufmuntern und ihnen Kraft geben."

Das Gebet schicke ich mit einem Amen zur Himmelspost.

„Tut, tut, da kommt ein Lankenwagen", gibt Tomi Auskunft.

In der ganzen Aufregung habe ich das „Tatütata" total überhört. Neben uns saust zuerst der Krankenwagen, dann die Polizei, dann die Feuerwehr und zuletzt noch ein Notarzt vorbei.

Wir kommen nur langsam und Stück für Stück voran.

„Hey Leute, guckt mal. Die Firma da drüben, hab ich die nicht schon vor einer halben Stunde gesehen?", mault Liv.

Seufzend lehne ich mich in meinem Sitz zurück. Papa dreht das Radio lauter, das er wegen dem Motorradfahrer leise gedreht hatte.

„I will lein Radio hören. Mach aus.“, beschwert sich darauf sofort Tomi.

„Ich möchte aber die Nachrichten anhören, damit ich weiß, wie lange wir hier noch stehen müssen.“

„Achtung auf der A8 ein LKW ist soeben umgekippt. Zeitverlust ca. 50 Minuten. Stau auf der A9 wegen einer Baustelle weitgehend gesperrt. Sie brauchen hier etwa eine Stunde länger. Auf der B12 ist soeben ein Unfall passiert. Ein Motorradfahrer hat überholt und die Kontrolle verloren. Er hat zwei Autos beschädigt und ist durch die Leitplanke gefahren Das Fahrzeug ist in einem kleinen See zum Stehen gekommen. Laut Echtzeitmessung brauchen sie eine Dreiviertelstunde länger. Die neuesten Blitzer bayernweit nur auf Antenne-Bayern...“

„War da der Stau von uns dabei?“, frage ich Papa.

Ich habe nicht wirklich zu gehört.

„Ja, wir brauchen eine Dreiviertelstunde länger. Dumm, dass wir nicht durch die Stadt gefahren sind. Ich hätte gedacht, wenn wir um München herumfahren, sind wir schneller.“

„Tja, das hättest du dir früher überlegen sollen!“, motzt Liv.

Ich bekomme allmählich Panik, ich hasse es, so lange in einem kleinen Raum gefangen zu sein. Und vor allem, wenn es nicht mal vorangeht! Ich kaue auf meiner Unterlippe herum, mache mir eine neue Frisur, zähle Straßenschilder, suche nach Wolkenbildern, aber nichts kann mich von dem Gefühl ablenken, dass irgendwas durch meinen Bauch nach oben kommt.

„Dad“

„Was ist Serafina? Du bist ganz weiß im Gesicht."
„Dad, mir ist schlecht. Ich brauch' was zum Rein-Spucken."

Panisch schaue ich mich im Auto um. Weit und breit keine einzige Rein-Spuck-Möglichkeit. Ich merke wie dieses Ding meinen Hals hochkommt. Blitzschnell ziehe ich meinen Pulli über den Kopf, knote die Ärmel zusammen und beuge meinen Kopf über den Pulli.
Jetzt muss ich erst einmal brechen. Ein ekelhafter Geruch verbreitet sich im Auto.
„Igitt, Sera, alles o.k. mit dir?", fragt meine Schwester.
„Serafina, sollen wir anhalten?"
„Ha, ha, tolle Idee Papa. Wir stehen sowieso."

Ich öffne die Beifahrertüre und laufe an den Rand. Bis tief in meine Lungen ziehe ich die kühle Luft ein. Vor mir liegt eine weite grüne Wiese mit Mondblumen. Überall sind sie verteilt, wie lauter rote Kleckse. Am Ende der Wiese ist ein dunkler Wald. Wie gerne würde ich jetzt dorthin laufen. Einfach mit nackten Füßen das kalte Gras spüren. Mit bunten Schmetterlingen in den Haaren und einem großen Blumenstrauß in den Händen über sie rennen.

Sofort schleicht sich Sonja in meine Gedanken. Sie würde sich wahrscheinlich wünschen, dass ich hinter dem Strauß bleibe und mich nicht mehr blicken lasse und dieser seltsame Mann vom Krankenhaus würde sich wahrscheinlich wünschen, dass ich dahinter umkomme.
Eine erneute Spuck-Attacke kommt aus meinem Mund. Ich spucke es einfach in die Wiese.

„Ist alles o.k.? Kann ich irgendwas für dich tun?“, Papa legt mir die Hand auf die Schulter.
„Ich habe dich gar nicht kommen hören.“, er schmunzelt.
„Dad, Dad, sie fahren weiter, jetzt komm schon.“

Meine Schwester hat das Autofenster hinunter gekurbelt und sich raus gelehnt. Mannomann, nie hat man hier seine Ruhe. Seufzend laufen Papa und ich zurück zum Auto. Seine Hand spüre ich immer noch. Es ist fast so, als läge sie noch auf meinem Rücken.

Nach weiteren 20 Minuten kommen wir endlich am Unfall vorbei. Neben der Straße ist ein großer See. Er glitzert im Sonnenschein. Er sieht aus wie eine Meerjungfrauenlagune. Der Unterschied ist nur, dass in einer Lagune bestimmt keine Motorräder liegen, denn hier ist das der Fall. Es dampft ordentlich über dem Wasserloch und es herrscht ein großes Getümmel.

Notarzt und Feuerwehr versuchen, das Gefährt und den Fahrer zu bergen. Zwei Taucher springen in den See. 10 Sekunden später tauchen sie wieder auf. In ihren Händen halten sie einen Mann. Seine schwarze Motorradkleidung ist vollkommen durchnässt. Fünf weitere Männer in Arztkitteln legen ihn auf eine Liege. Sie schnallen ihm den Helm vom Kopf und beatmen ihn. Er hustet wobei er Wasser und Blut ausspuckt.

Mir wird automatisch wieder schlecht.

Plötzlich dreht er sein Gesicht in meine Richtung. Ich habe das Gefühl, als ob er mir direkt in die Augen schauen würde. Erst jetzt merke ich, dass es der Motorradfahrer von vorhin ist.

Verrückte Tagträume

Am nächsten Morgen packen wir unsere Koffer.

Nach dem Frühstück gehen Liv und ich noch schnell zur Blumenfrau rüber, die auf der anderen Straßenseite ist. Wir kaufen einen Strauß rote Rosen.

Ich sehe den Jungen von der Mediathek vor meinem inneren Auge. Er drückt mir den Strauß in die Hand und fragt:

„Willst du mit mir gehen?"

„Ja, ich will."

Ich drücke ihm einen Kuss auf die Backe und lege ihm einen Ring in die Hand.

Beschwingt verlasse ich seine Wohnung.

„Serafina, bleib sofort stehen! Sag mal, bist du von allen guten Geistern verlassen? Wieso hast du der Blumenfrau einen Kuss gegeben? Und wieso hast du ihr deinen Ring in die Hand gedrückt? Denkst du, du bist was Besseres? Hier ist er übrigens wieder.,"

Sie drückt mir den Ring in die Hand und läuft ein paar Schritte voraus.

„Ach und da wäre noch was. Wir sind nicht in deiner Fantasiewelt oder bei irgendeinem Jungen von der Mediathek oder was auch immer du da drinnen vor dich hin gemurmelt hast."

Oh je, ich hatte schon wieder einen von meinen Tag-Träumen. Ich hoffe das nimmt nicht irgendwann überhand und ich küsse ihn in Wirklichkeit in aller Öffentlichkeit. Das wäre nämlich richtig peinlich.

Nach dem Mittagessen verabschieden wir uns von Tomi und Joy. Sonja ist angeblich beschäftigt in ihrem Atelier und sie kann uns leider nicht verabschieden. Ich bin so froh, wenn wir wieder bei Mama sind und kein Egoismus mehr herrscht. Dad tut zwar alles für uns und das schätze ich auch sehr, aber Sonjas Art zieht einen trotzdem total runter.

Da ich zu faul bin die drei Etagen runter zu laufen, setzte ich mich auf das Geländer und rutsche runter, dicht gefolgt von Liv.

„Hey, rutsch aber nicht auf mich drauf", sage ich lachend zu meiner Schwester.

„Wartet auf mich", keucht Papa, doch er kann sich ein Schmunzeln nicht verkneifen.

Außer Atem machen wir die Autotüren zu und fahren los.

„Wir dürfen nicht vergessen, bei dem Mann im Krankenhaus vorbei zu fahren", erinnert uns Papa.

Ich stöhne.

„Muss das wirklich sein. Ich habe keine Lust mir anzuschauen wie viele blaue Flecken ich ihm verpasst habe."

„Naja, so wie du drauf gehauen hast, müsste er am ganzen Körper blau sein."

„Ha, ha, sehr witzig Liv. Es ist schon schlimm genug, dass ich das gemacht habe."

„Wir haben ihm aber versprochen zu kommen und das sind wir ihm auch schuldig."

„Ja, Papa."

Bis Leutkirch verläuft alles gut, doch 300 Meter vor unserer Ausfahrt haben wir erneut Stau und zwar STOCKENDEN

STAU! Ich könnte echt in die Luft gehen. Das kann doch nicht wahr sein, dass so etwas immer uns passieren muss.

Ich entscheide mich, die Zeit damit totzuschlagen, indem ich dem Autofahrer neben uns zuwinke. Dieser reagiert leider nicht und so winke ich fünf Minuten lang weiter. Er bemerkt es trotzdem nicht. Deshalb beobachte ich ihn jetzt ganz genau. Ich kann nur sagen: Nicht besonders spannend. Wie bei jedem Menschen hebt und senkt sich sein Brustkorb. Nervös trippelt er mit seinen Fingern auf das Lenkrad. Und dann passiert es, ich versuche erneut seine Aufmerksamkeit zu erlangen und wedele wie wild mit meinen Armen..., er dreht sich um.

Seine Augen funkeln mich wild an wie die eines angriffslustigen Hundes. Er hat feuerrote Augen und... ich kann es nicht glauben. Es ist der Mann, der mich damals im Krankenhaus nach meinen Daten gefragt hat. Ich habe das Gefühl, als ob er mich mit seinem Blick durchbohren würde, als ob er meine Gedanken lesen wollte.

Schnell drehe ich mich weg.

Nach einer Minute wage ich es erneut zu ihm zu schauen. Was ist das? Dort sitzt nicht mehr der angriffslustige Mann sondern ein alter Opi. Mit einem schwarzen großen Hund auf dem Beifahrersitz. Ich kann gerade noch sehen, wie der Hund mich mit ebenfalls feuerroten Augen wütend anfunkelt, bevor wir aus dem Stau rauskommen und unsere Ausfahrt hinaus fahren.

Die seltsame Prophezeiung

„Guten Tag, was kann ich für sie tun?"

„Hallo, ähm wir suchen einen Herrn...", ich drehe mich zu Dad um.

„Hoffman heißt er."

„Ja genau, wir suchen einen Herr Hoffman."

Die Empfangsdame des Krankenhauses durchblättert ihre Akten.

„Ah hier ist er. Wieso möchten sie ihn sprechen?"

„Weil wir seine Nichten sind", schwindle ich.

Etwas Besseres fällt mir auf die Schnelle nicht ein.

„Ich dachte, du hättest ihn kra...", beginnt meine Schwester, doch ich trete ihr gegen das Schienbein, was sie zum Stoppen bringt.

„Ähm in welchem Zimmer ist er denn nun?", meldet sich Papa.

Misstrauisch blickt ihn die Frau an. Mustert ihn nochmal durchgehend von oben bis unten, dann rückt sie schließlich mit der Zimmernummer raus.

„Er liegt im zweiten Stock, Zimmer 134."

„Vielen Dank."

Papa schiebt uns vor sich hin zum Aufzug.

„Können wir nicht die Treppen nehmen? Da kann ich mehr Kalorien verbrennen."

„Serafina, hör doch mal damit auf. Du kannst ja die Treppe nehmen. Aber ich fahre mit dem Aufzug."

„Ok, Liv. Bis gleich."

Ich renne zum Treppenaufgang und laufe mit Skipings hinauf. Keuchend stütze ich die Hände auf die Knie und mache „Schnappatmung“. Dann laufe ich rüber zum Aufzug. Die Anzeigetafel gibt Auskunft, dass er gerade im ersten Stock ist. Jetzt im zweiten.

„Als ob du schon oben bist?“, empfängt mich Liv.

„Tja, die Joggingeinheiten mit Mum lohnen sich anscheinend“, triumphierend laufe ich voraus.

130, 131, 132, 133.

„Ah, da ist es. 134!“

Ich nehme Kurs auf die Türe und drücke leise die Klinke nach unten.

„Wie wär's mit Anklopfen?“, hält mich Papa zurück.

„Entschuldigung, Dad“, murmele ich und schließe sie wieder.

Dann klopfe ich zweimal sanft gegen das dunkelbraune Holz.

„Ihr könnt ruhig reinkommen“, ertönt eine Männerstimme von innen.

„Mist, wir haben den Blumenstrauß vergessen.“

„Ich dachte, ihr wolltet einen im Blumenladen kaufen.“

„Haben wir auch, aber wir haben ihn in München liegen lassen.“

Liv und ich schauen betreten zu Boden und gehen in das Zimmer.

„Guten Tag Herr Hoffman“, ich trete ans Krankenbett und schüttel' ihm die Hand.

Ich blicke in sein Gesicht. Seine beiden Augen sind blau, seine rechte Hand in Gips gelegt und er ist an zwei Schläuche angebunden. Man könnte fast meinen, er sei ein angeketteter Hund. Als ich in seine Augen sehe, sehe ich keinen Schimmer Wut oder Rachsucht, nur Besorgnis. Doch bevor ich darüber nachdenken kann, um wen er sich wohl Sorgen macht, tritt Papa neben mich und fängt gleich mal an, dem armen Mann einen „Vortrag" zu halten:

„Lieber Herr Hoffman, es tut uns ja so schrecklich leid. Mein Kind wollte sie bestimmt nicht mit Absicht so zurichten. Es hatte nur einen schlimmen Tagtraum. Natürlich werden wir die Kosten dafür übernehmen..." und so weiter.

Herr Hoffman liegt da, die Augen halb geschlossen und hört glaube ich gar nicht zu.

Als Papi fünf Minuten später fertig ist, richtet sich der Vermieter allmählich in seinem Kissen auf. Es muss sehr mühsam für ihn sein, denn er schnauft recht dabei. Aus irgendeinem Reflex heraus strecke ich meine Arme aus und packe ihn unter den Schultern, um ihm aufzuhelfen.

„Danke, danke, das ist nicht nötig. Ich bin zwar alt aber kann noch gut auf mich selbst aufpassen", von wegen es ist nicht nötig.

„Sie kommen wegen dem Haus, oder?"

„Wir wollten eigentlich nur nach Ih...", doch der Mann lässt Papa nicht ausreden.

„Wegen der Wohnung tut es mir sehr leid. Bei uns wurde gestern Abend im Immobilienbüro eingebrochen, wie mir mein Kollege mitteilte. Er sagte die Unterlagen von der Wohnung wurden gestohlen."

„Warten Sie, was sagen Sie da, nur die Unterlagen von dieser Wohnung?“, platze ich dazwischen.

„Jetzt lass ihn doch ausreden.“

„Ja, nur die Unterlagen von dieser Wohnung und nicht zu vergessen auch die Schlüssel. Ich wollte sofort hinfahren, doch mein Kollege hat gesagt, ich soll mich ausruhen und außerdem ist es auch nicht mehr nötig, denn er war bereits dort. Er hat berichtet, dass das „Zu-Verkaufen-Schild“ umgeworfen wurde und mit rot durchgestrichen war. Darüber wurde gekritzelt: Das ist mein Haus! Haltet euch fern oder ihr werdet es bereuen!“

„Oh je, das ist ja schrecklich. Haben sie es der Polizei schon gemeldet?“, erkundigt sich Papi.

„Nein noch nicht.“

„Wieso nicht?“

„Wir möchten uns das Haus erst einmal noch anschauen, ob es nicht doch nur ein alberner Jugendstreich war.“

Erschöpft sinkt er zurück unter die Decke.

„Kommt Kinder, wir gehen“, da der Mann zu schlafen scheint, drehe ich mich um.

Dad und Liv sind schon aus der Tür. Plötzlich jedoch spüre ich einen Ruck an meiner Hand. Irgendetwas Runzliges hält mich fest. Blitzschnell drehe ich mich um, bereit mich zu verteidigen. Doch die Hand gehört dem Immobilienmakler.

„Warte, warte, setz dich doch neben mich. Solange ich noch am Leben bin, solange du noch am Leben bist, muss ich dir etwas sehr Wichtiges sagen“, seine Augen offenbaren nur noch ein schwaches Licht.

Man merkt ihm deutlich an, dass er seine ganze Kraft zusammen nimmt. Hoffentlich stirbt er nicht. Das wäre sonst meine Schuld. Daran will ich gar nicht denken!

„Die Welt braucht Menschen wie dich, Menschen, die noch Tagträume haben, Menschen, die Fantasie haben. Doch nimm dich in Acht! Der Mann, der die Wohnung gestohlen hat, setzt alles daran, dir den Lebensgeist auszuhauchen. (Moment, hat er nicht gesagt, es wäre ein alberner Jugendstreich gewesen? Hat er das etwa nur vorgetäuscht? Und woher weiß er so viel über mich?) Er würde dafür über Leichen gehen. Ich bin mir sicher: Er wird dich finden. Nur, du kannst ihn aufhalten. Benutze deine Höflichkeit, deinen Mut, deine Fröhlichkeit, deine Offenheit, deine Liebe und sei einfach du selbst. Du musst den Menschen das Träumen zurückbringen und ihnen zeigen, dass man kein Handy zum Glücklichsein braucht. Gib auf dich Acht. Das funktioniert alles nicht, wenn er dich tötet."

„Aber woher wissen Sie das alles?"

Der Mann jedoch hört mich nicht mehr. Er dreht sich zur Seite und schließt die Augen. Ich rücke einen Stuhl ans Bett und setze mich darauf. Ich schließe ebenfalls die Augen. Auf einmal kommt mir ein schrecklicher Gedanke:

Zuerst ist er ein bisschen unscharf doch nun, da ich die Augen geschlossen habe, sehe ich ihn direkt vor mir. Mir wird eiskalt. Ich will schreien und meine Augen öffnen, doch sie sind so schwer wie Blei. Ich kann sie keinen Millimeter bewegen.

Vor mir sehe ich die Bilder der Kinder, die Folterkammer, den Mann vom Krankenhaus, der mich nach meiner Adresse gefragt hat, ich sehe den Hund mit diesem feurig, warnenden

Blick, den Traum mit demselben Mann und dem Dolch, ich sehe das viele Blut am Boden der Toilette.

Und nun den Mann vor mir, den Mann, den ich zusammengeschlagen habe aus Angst, aus Angst um mein kostbares Leben. Ich höre nochmals seine Warnung: „Er wird dich finden. Nimm dich in Acht. Nur du kannst ihn aufhalten. Benutze deinen Mut, deine Fröhlichkeit, deine Hoffnung, deine Liebe und sei einfach du selbst. Du musst den Menschen das Träumen zurückbringen und ihnen zeigen, dass man kein Handy zum Glücklichsein braucht. Gib auf dich Acht."

Jetzt ergibt es alles einen logischen Sinn. Aus irgendeinem unerfindlichen Grund will mich der seltsame Mann, der einfach so vor meinem Krankenbett stand, umbringen. Doch das wird nicht geschehen. Dieser Mann, mit dem bleichen Gesicht, dem schlappen Körper, doch den funkelnden, drängenden, flehenden, Glauben schenkenden Augen hat mich vor ihm beschützt.

Ich halte mich am Stuhl fest, um nicht umzukippen. Ein Gefühl, wie als würde ich von einer Walze überrollt werden, Angst, Schrecken und das Verlangen danach, hier zu bleiben, aber doch so schnell wie möglich hier wegzukommen, überwältigt mich. Schnell blicke ich nochmal zu dem Mann. Das Erzählen hat ihn anscheinend sehr müde gemacht, denn er hat sich zur Seite gedreht und schnarcht leise.

Ich renne aus dem Raum. Nur raus aus diesem schrecklichen und mysteriösen Zimmer.

Das Gefühl, wie wenn der Boden unter einem verschwindet

„Serafina, wo warst du denn so lange?"
„Entschuldigung, ich musste dahin, wo der Kaiser zu Fuß hingeht."
„Häh?"
„Sie meint das Klo, Dad."
Ich werfe Liv einen bösen Blick zu.
Die Uhr zeigt 18:00 Uhr.
Oh nein, wir brauchen noch eine Viertelstunde, bis wir daheim sind und wir haben Mama versprochen um 17:45 Uhr zuhause zu sein. Kempten rast an uns vorbei: Der Marktplatz, die Kirche, der Bäcker.

Zehn Minuten später kommt endlich unser Haus in Sicht. Es hat eine Farbe gemischt aus Orange und Beige.

Papi schleppt die Koffer in den ersten Stock hoch. Wir springen voraus. Mami öffnet die Tür.
„Da seid ihr ja endlich! Ich wollte gerade eine Vermisstenanzeige aufgeben", begrüßt sie uns ironisch.

Sie nimmt uns in den Arm. Als Papa und Mama sich umarmen, werden sie beide leicht rot. Seltsam, ich hätte jetzt erwartet, dass sie uns erst mal eine Standpauke hält, darüber, dass wir eine halbe Stunde zu spät sind. Ich drücke Papa einen dicken Schmatzer auf die Backe.

„Du bist der beste Papi der Welt. Es war ein tolles Wochenende und danke für alles“, eigentlich war nur der Zoo-Besuch schön, das im Krankenhaus war eher ein Albtraum.

Liv gibt Papa ebenfalls einen Kuss und bedankt sich bei ihm.
„Wann holst du die Kinder das nächste Mal?“, erkundigt sich Mama.
„Dann, wann du es willst. Äh, ich meine natürlich in zwei Wochen, wie gewohnt“, er kratzt sich verlegen hinterm Ohr.
„Ja genau, weil nächstes Wochenende gehen wir ja zelten.“, erklärt Mama.
Ich schlage mir mit der flachen Hand gegen die Stirn. Stimmt, das habe ich total vergessen. Wir fahren an den Badsee.
Als Dad die Treppen runtergeht, winken wir ihm noch hinterher, dann schließe ich die Haustür.

Zwei Stunden später lasse ich mich müde ins Bett fallen. Liv kommt noch schnell, um mir gute Nacht zu sagen.
„Schlaf gut, Seri.“
„Danke, du auch. Du bist die beste Schwester der Welt“, ich drücke sie einmal ganz fest, bevor meine Mum ans Bett kommt.
Sie deckt mich liebevoll zu, dann beten wir:
„Oh Gott die Sonne sinkt ins Meer. Die stille Nacht kommt wieder her. Deckt Feld und Wald mit Schlummer zu. Wir Menschen gehen auch zu Ruh. Wie du das Vöglein im Nest nun schlafen lässt, so warm und fest, so nimm auch uns in deine Hut und lass und schlafen fromm und gut. Amen.“
„Danke lieber Gott für dieses wunderschöne Wochenende (schon wieder die Hälfte gelogen). Bitte lass uns und alle Menschen gut schlafen und stell´ für heute Abend alle Kriege ein. Gib jedem genug zu essen und zu trinken. Lass alle ein Dach

über´m Kopf haben. Hilf uns, dass wir auch unseren Part dazu beitragen, dass es allen Menschen so gut geht, wie uns und dass wir etwas von unserer Zeit, von unserer Energie und von unserem Geld geben. Amen."

Nun kommt Mami dran. Sie legt mir die Hände an meine Wangen:
„Gott hat dich lieb und ich dich auch."
Jetzt macht sie mir das Kreuzzeichen auf die Stirn.
„Der Herr segne dich und behüte dich und gib dir eine gute Nacht."
Das Gleiche mache ich nun bei ihr.

Kaum hat sie mein Zimmer verlassen, komme ich mir so vor, als hätte mir jemand erneut den Boden unter den Füßen weggezogen. Ich vergrabe mein Gesicht in meinem Kissen und fange an zu schluchzen. Das „Ich-hab-dich-lieb-Kissen", das mir Mami mal geschenkt hat, wird ganz nass.

In meinem Kopf läuft alles noch mal von vorne. Der Mann vom Krankenhaus mit der Frage nach den Daten, der Immobilienmakler, Sonja, Papa, Mama, Liv, Joy, Tomi, der Junge aus der Mediathek, mein Leben. Es ist doch alles sinnlos...

Ich bin noch so jung und man trachtet mir jetzt schon nach dem Leben. Was soll ich also noch hier? Lieber Gott, wieso holst du mich nicht einfach zu dir?

Das Grübeln macht mich müde. Mein Oberkörper fällt zurück auf die Matratze und mein Kopf knickt zur Seite ab.

Eine interessante Recherche

Nächste Woche Donnerstag im Geschichtsunterricht.

Ich bin kurz vorm Einschlafen.

„Als Hausaufgabe lest ihr euch bitte die Seite 66 und 67 durch", erklärt Herr Sheppert.

Uff, fünfte Stunde geschafft. Die sechste fällt heute Gott sei Dank aus.

„Und was machst du jetzt noch?", fragt mich Shona.

„Weiß ich nicht, ich geh´ wahrscheinlich in die Mediathek und mach Geschichtshausaufgaben. Sonst haben wir ja heute nichts auf"

„Bis morgen"

„Ja, bis morgen"

Ich umarme Shona und drehe mich um.

Als ich die Glastür zu unserer Schulbibliothek öffne, kommt mir Ruhe entgegen. Wie schön dieses Gefühl ist. In meiner Klasse erlebe ich das nur selten.

Ganz hinten im Eck rücke ich mir einen Sitzsack vors Fenster, dann laufe ich in die dritte Regalreihe und hole mir das Geschichtsbuch.

„So was Dummes aber auch", fluche ich leise vor mich hin.

Ich habe das Buch zu kräftig raus gezogen und mir fallen gleich zwei Bücher entgegen: Das Geschichtsbuch und... es muss ein sehr altes Buch sein. Eine dicke Staubschicht liegt darauf. Ich blase sie weg. „Familienchronik", steht auf der Vorderseite. Wie das wohl ins Regal gelangt ist! Ich schlage den Buchdeckel auf. Mit alter Schreibschrift wurde ein Name geschrieben: D... De... Devil... Devillie. Seltsamer Name. Die Bücher klemme ich mir unter den Arm und setze mich auf meinen Sitzsack. In dem weichen Stoff mache ich es mir so richtig bequem. Das Geschichtsbuch lege ich erst mal zur Seite. Schnell schaue ich mich noch einmal um, ob mich auch ja keiner beobachtet. Nun kann ich mich voll und ganz der Chronik widmen.

Meine Güte, das kann man alles nicht entziffern. Dafür bräuchte man einen Detektiv oder so. Dumm nur, dass wir in der Schule nicht solche nützlichen Sachen lernen, wie zum Beispiel alte Schriften.

Ich blättere frustriert das Buch durch. Die Seiten sind aus altem Pergament gemacht. Halt, was war das denn eben? Ich schlage drei Seiten zurück. Mit Bleistift ist dort ein Familienstammbaum gezeichnet. Wie aufregend. Der Baum hat fünf Ebenen. Ganz unten sind zwei alte Leute abgebildet. Im Verlauf der Äste werden die Menschen immer jünger, unter den kleinen Bildern stehen jeweils die Namen der Person. An den Enden der Äste sind kleine Babys abgebildet. Die sehen vielleicht niedlich aus!

Moment, was ist das denn für ein Kind. Die Augen so feurig wie Flammen. Mir stockt der Atem. Das, das kann doch nicht wahr sein. Das ist unmöglich. Aber ich muss einsehen, es ist tatsächlich das Gesicht des Mannes, der mich damals nach meiner Adresse gefragt hat. Ich habe das Gefühl, der Junge starrt genau mich an. Er sieht sehr steif aus im Gegensatz zu den anderen Kindern, deren Gesichter noch weich und rosig aussehen. Der Name ist sehr schwer zu lesen. Paul Devillie, hah, ich hab´s geschafft.

Mal schauen, ob ich Informationen über ihn finde. Auf der nächsten Seite steht etwas über einen der älteren Herren. Ach so, sie fangen bei alt an und gehen dann weiter zu den jungen. Bla, bla, bla, ah, da ist er: Paul Devillie.

Geboren 1948 in Salzburg. Seine Eltern heißen Herbert und Margarete Devillie. Den Rest des Textes überfliege ich. Klar, dass da nicht so viel drin steht, der Junge war ja auch noch ziemlich jung, als dieses Buch geschrieben wurde.

Da kommt mir eine Idee: Ich könnte im Computer nachschauen, der ist ja immer auf dem neuesten Stand.

Schnell lege ich die Bücher zurück in den Schrank und laufe zum PC. Ich melde mich an. Enter ... Internetexplorer ... Google ... Paul Devillie.

Nach einer Minute habe ich endlich DEN Paul Devillie gefunden, den ich suche. Rechts ist ein Bild von ihm abgedruckt. Links ist ein Text über ihn geschrieben worden. Am Anfang steht genau dasselbe, wie in dem alten Buch, doch jetzt wird es interessant:

Mit 30 Jahren ist Pauls Frau, Lila Feuerstein gestorben. Das geschah dadurch, weil ein 13-jähriges Mädchen namens Becca Sorgenfrei auf der Straße Springseil hüpfte. Sie ließ es kurz liegen, um etwas aus dem Haus zu holen. In dem Moment kam

Lila. Sie stolperte über das Seil und fiel dramatisch auf die Schläfen. Am späten Abend fand Paul sie tot auf der Straße. Dies setzte ihm sehr zu.

Ich schnappe nach Luft und versuche meinen Blick vom Bildschirm abzuwenden, weil dort ein schreckliches Bild zu sehen ist.

Eine junge Frau liegt am Boden. Dunkelrotes Blut tropft von ihren Schläfen auf den dunklen Asphalt. Ihre Füße sind von einem Springseil umschlungen. Ihre Augen sind vor Schreck weit geöffnet. Sie sehen aus wie Saphir-Edelsteine. So klar, so tot, so voll mit Tränen. Ich kann mir das richtig vorstellen, wie sie über das Seil stolpert.

Aber das war noch nicht alles, der Text geht noch weiter:

Eine Woche nach dem tragischen Tod, fand man Beccas Knochen am Grund des Bodensees.

Ein Jahr später lernte Paul eine neue Frau kennen. Sie waren keine zwei Monate zusammen, da hielt sie sich in der Küche auf um das Mittagessen vorzubereiten. Vor dem Küchenfenster spielte der Nachbarsjunge, namens Jonas Sorgenfrei, Fußball. Leider schoss er den Ball zu fest, sodass dieser hochkant durch das Glasfenster direkt auf die Frau flog. Er traf sie ebenfalls an der Schläfe und sie starb innerhalb einer Stunde.

Eine Woche später ging ein Mann namens Heinz Müller am Blausee spazieren. Dort fand er den Jungen erhängt an einer Trauerweide.

Daneben ist ebenfalls ein Bild. Es zeigt einen tiefblauen ins Türkisfarbene übergehenden See. Er glänzt im Schein der Sonne. Neben ihm steht eine große Trauerweide, deren Äste das Wasser berühren. An einem dieser Äste hängt an einem dicken Seil ein Junge. Seine Augen sind geschlossen. Sein Gesicht ist farblos. Seine Arme hängen schlaff runter. Wie grausam.

Unter dem Bild steht:

Die Polizei hat keinen Verdacht, wer es sein könnte, aber wir haben einen: Paul Devillie.

Haarscharf kombiniert

Klar! Das würde einen Sinn ergeben: Er war sauer auf Becca und Jonas. Jetzt bringt er jedes Jahr ein erstgeborenes Kind (weil Becca und Jonas auch Erstgeboren waren, soweit ich meinen Familienstammbaum kenne) der Familie Sorgenfrei um, aus Rache, weil meine Vorfahren seine Frauen umgebracht haben.

So ein Mistkerl. Das kann er doch nicht machen. Das muss eindeutig aufhören.

Ich fahre den Computer runter, greife wütend nach meiner Tasche und verlasse hastig die Bücherei.

Die Türe fällt scheppernd hinter mir ins Schloss. Ich beschließe erst mal niemandem von meinem Erlebnis zu erzählen, nicht mal Mum, Paps und Liv, denen ich sonst wirklich alles erzähle, aber wenn sie das mitkriegen, rufen sie die Polizei und genau das möchte ich nicht. Ich möchte mit dem Mann alleine sprechen. Ich möchte verhindern, dass es meinen anderen Nachfolgern genau so geht, wie mir. Ich möchte nicht, dass sie solche Ängste durchmachen. Meine Oma sagt außerdem immer: Worte sind die beste Lösung. Hoffentlich stehen der liebe Gott und mein Schutzengel hinter mir. Sonst schaffe ich das nicht.

Schnell schließe ich mein Fahrrad auf, setze meinen Helm auf und schwinge mein Bein über den hellbraunen Sattel meines türkisfarbenen Holland-Fahrrads. Eine leichte Brise weht mir ins Gesicht.

„Ja, lieber Wind, du darfst mir eine Frisur machen“, ich lächle in den Himmel.

An der Polizeistelle vorbei, über den Zebrastreifen, durch den Tunnel und an der roten Ampel warten. Ich steige von meinem Fahrrad und stelle einen Fuß auf den Boden. Zuerst kommen die Autos von rechts und zum Schluss die von links. Allmählich kenne ich die Ampelschaltung auswendig. Jetzt komme ich. Ich trete in die Pedale, schalte in den ersten Gang runter und presche den Berg, an unserer Grundschule vorbei, hoch. Die nächste rechts rein und dann am Haus des Bürgermeisters vorbei und die nächste wieder links. Da kommt man sich vor wie in einem Labyrinth aus Straßen und Wegen. Vor mir erscheint erneut ein kleiner Buckel. Hinter dem Buckel kommt unser kleines Haus in Sicht.

Über unserem Zuhause ziehen weiche, hübsche Schäfchenwolken vorbei. Meine Erdkundelehrerin würde das jetzt als Cumulus-Wolken bezeichnen und einen fachmännischen Blick aufsetzen. Oben sind sie flauschig (gen Himmel) doch die Unterseite ist so flach, als wäre eine Glasscheibe darunter geschoben worden.

Ich fühle mich deshalb immer wie in einem Terrarium. Um mich herum sind überall Wände und ich muss es mit allen teilen, auch mit Sonja und Paul. Aber das Positive daran ist, dass ich es auch mit netten Leuten teilen DARF, wie zum Beispiel meiner Familie, meinen Freunden und natürlich mit meinem Schwarm.

Oh Mist, da fällt mir ein, ich hätte eigentlich auch gleich mal nach ihm recherchieren sollen, wie er heißt und so. Naja, dann mach´ ich das eben morgen.

Zum Abendessen gibt es Gulaschsuppe. Genüsslich lecke ich mir mit der Zunge über meine Lippen. Ich möchte gerade den Löffel in die Suppe tauchen, da hält mich meine Mum am Ärmel zurück.

„Ah, ah, ah, erst beten, dann essen."

Ich seufze und lege meinen Löffel wieder zurück, rechts neben den Teller, wo er laut dem Knicke-Kurs liegen muss. (Den Kurs haben wir mal in der sechsten Klasse gemacht. Ich sag´ nur, das war der reinste Horror! Unsere Klasse hat sich wie im Schweinestall benommen. Die schöne, weiße Tischdecke war danach mit lauter Suppen und Salatflecken versehen. Welcher Idiot deckt auch eine weiße Decke, wenn er weiß, dass unsere Klasse kommt? Unsere Lehrer haben danach bitter, vor allem mit den Jungs, geschimpft. Die hatten zu ihrer Verteidigung nur zu sagen:

„Wir haben nicht gekleckert, wir haben dekoriert."

Danach mussten wir alle lachen, bis auf unsere Pauker natürlich.

„Hallo, Seri, betest du auch mit oder hat es dir die Sprache verschlagen?", ruft mich Liv zurück in die Gegenwart.

Oh je, nicht schon wieder ein Tagtraum. Langsam machen die mich echt verrückt.

„Also...", fängt meine Schwester an.

Ich stimme mit ein, genauso wie Mama:

„Oh Gott, von dem wir alles haben, wir preisen dich für deine Gaben. Du speisest uns, weil du uns liebst, so segne auch was du uns gibst. Amen."

Mir persönlich gefällt das Gebet nicht so, ich bevorzuge eher den „Tisch-Rap", den uns unsere Urlaubsfreunde beigebracht haben. Sie heißen Monika (35 Jahre), Klaus (60 Jahre) und

Marcelino (10 Jahre), mit ihm hat Liv eine Brieffreundschaft aufgebaut. Im Grunde genommen ist es eine sehr schräge Familie, aber sie ist trotzdem sehr nett.

„Können wir auch noch den Rap machen?", frage ich deshalb.

„Ja gerne."

„Wir haben den Tisch für uns gedeckt, hab' dank lieber Gott, dass es so gut schmeckt. Amen."

O.k., zugegeben, geschrieben hört er sich langweilig an, aber man muss ihn ja auch rappen. Zwischendurch haut man noch zweimal auf den Tisch, dann klatscht man einmal und das wiederholt sich dann immer.

So, endlich kann ich mich über die warme Mahlzeit hermachen. Es schmeckt köstlich.

„Bäh, da ist ja Paprika drin!", zerstört meine Schwester die ruhige Atmosphäre.

„Was dachtest du denn Liv?!", sie verzieht angewidert das Gesicht.

„Schon gut, du kannst die Paprika-Stücke zu mir in den Teller tun", lässt sich Mama breitschlagen.

Nach dem Essen räumen wir den Tisch ab, putzen Zähne, spielen wieder drei Runden Ligretto und nun werden wir wie jeden Abend ins Bett gebracht.

Hoffentlich finde ich morgen etwas über den Jungen aus der Mediathek heraus, ist mein letzter Gedanke, bevor ich einschlafe.

Der Sturz

„Pip, pip, pip, pip...."

Ich drehe mich um und schlage nach Gefühl irgendwo in die Richtung, wo mein Wecker steht. Leider habe ich so null Treffsicherheit wenn ich müde bin und verfehle ihn, was mich dazu zwingt, die Augen aufzumachen und ihn zu suchen. War ja klar, er ist von meinem Nachttischchen runter gefallen und liegt jetzt bequem, piepend auf dem Boden.

Also stehe ich auf. Ich schwinge zuerst mein rechtes und dann mein linkes Bein aus dem Bett, weil das sonst Unglück bringt. Ich räkle mich ausgiebig, bevor ich mich bücke, um meinen Wecker auszuschalten. Er zeigt mir, dass es 6:05 Uhr ist, also Zeit zum Aufstehen.

Ich habe genau noch eine Viertelstunde Zeit, um mein Morgen-Fitness-Programm zu machen, mich anschließend wieder ins Bett zu legen und so zu tun, als würde ich noch schlafen. Dann kommt nämlich Mami ins Zimmer, denkt, mich zu wecken, und ich bin dank meiner Übungen schon topfit.

Also los geht's! Zuerst den Rolladen hochziehen, das Fenster weit aufreißen und allem einen „Guten Morgen" wünschen:

„Guten Morgen, liebe Pflanzen, Menschen, Tiere, Steine, Gebäude, Gefährte, Saphir, Smaragd, Rubin (von meiner Lieblings Film-Triologie), Elektrizität, Gedanken, Worte, Fantasie, Träume, Naturwunder, Straßen, alles was die Straßen uneben macht und auch ein herzliches Guten Morgen, an alles, was ich vergessen habe."

Nun lehne ich mich zum Fenster raus, atme einmal tief ein und aus und schließe es dann wieder. Ich lasse den Rolladen wieder runter, damit es so aussieht, als würde ich noch schlafen, doch das tue ich ja nicht, schließlich habe ich gerade erst angefangen.

Als nächstes steht Yoga auf dem Programm.

Pünktlich um 6:20 Uhr liege ich wieder zugedeckt in meinem Bett. Ich nehme mein Plüsch-Einhorn so wie vorhin in den Arm. Kaum habe ich meine Augen geschlossen, öffnet sich auch schon meine Zimmertür und Mama kommt herein.

Frisch geduscht, gut riechend, glücklich und voller Tatendrang.

„Guten Morgen, Liebling", ruft sie mir entgegen.

Als sie aber bemerkt, dass ich noch „schlafe", setzt sie sich leise an mein Bett und schaut mich nachdenklich an.

„Wenn du nur wüsstest. Ob ich es dir wohl erzählen kann..."

Was meint sie?

Was will sie mir erzählen? Ob es wohl etwas Positives oder etwas Negatives ist? Hoffentlich sagt sie ihren Gedanken noch zu Ende, aber es kommt nichts. Also öffne ich langsam meine Augen und drehe meinen Kopf zu ihr. Ich gähne einmal theatralisch, damit es wirklich so wirkt, als hätte ich soeben nichts mitbekommen, sondern tief und fest geschlafen.

„Guten Morgen, Schätzchen", sie umarmt mich, „ich wecke noch schnell Liv."

Damit steht sie auf und marschiert durch meinen klimpernden Vorhang, der aus lauter bunten, aufgefädelten Glasscherben besteht.

Kaum ist Mum draußen, springe ich beherzt aus meinem Bett, räkele mich noch einmal ausgiebig und ziehe meine grünen Filzhausschuhe an.

Eine Stunde später sitze ich auf meinem Fahrrad.

„Guten Morgen Gwendolyn." (Ich gebe allem einen Namen, auch meinem Fahrrad.)

In Gedanken gehe ich meinen Stundenplan von heute durch:

1.Stunde: Mathe/ 2. Stunde: Klassenlehrerstunde/ 3.Stunde: Latein/ 4.Stunde: Englisch/ 5. Stunde: Reli/ 6. Stunde: Geschichte.

Juhu, das sind genau die Fächer, die ich am liebsten mag.

Ich fahre über die Ampel, durch den Tunnel, den Berg runter, über den Zebrastreifen und an der Polizeistation vorbei.

Plötzlich spüre ich einen kräftigen Windstoß, der von drei Menschen verursacht wird. Sie preschen mit ihren Fahrrädern den Berg neben mir hinunter. Mein Hollandrad schwankt bedächtig und droht, umzukippen. Es stürzt um. Ich falle mit dem Kopf voraus auf den Boden. Der ruppige Asphalt schürft meine Arme auf. Blut quillt unter den Wunden hervor. Mir wird schwindelig. Das Letzte, was ich sehe, sind vier Engel, die um mich herum tanzen. Bewusstlos bleibe ich am Boden liegen.

Von ganz weit weg höre ich Stimmen. Sie kommen mir bekannt vor, doch ich kann sie nicht genau zuordnen.

Ein schlimmer Schmerz durchzuckt meinen Körper. Er geht von meinem Kopf aus. Verdammt, das tut höllisch weh!

„Ihr Idioten, fällt euch nichts Besseres ein? Könnt ihr denn nicht auf euren Weg schauen?", es ist Shona.

„Es..., es tut uns wirklich leid. Wir wollten das bestimmt nicht. Es war nur ein Wettrennen", diese Stimme kenne ich nicht.

„Serafina, Serafina", es ist erneut Shona. Leicht benommen öffne ich meine Augen.

Vier Augenpaare gucken mich verdattert an: Shona und drei Jungs. Oh nein, es sind die verrückten Biker. Ich schließe wieder meine Augenlider.

Ich bekomme Kopfweh. Reflexartig lege ich meine Hand an den Kopf. Auf einmal spüre ich eine starke Hand, die unter meinen Körper gleitet und mich vorsichtig hochhebt.

„Danke Mahdi. Du bist eine große Hilfe", lobt Shona.

Jetzt interessiert es mich aber doch, wer mich da trägt. Also schlage ich meine Augen auf und ... schaue direkt in die besorgten Augen von ... von dem Jungen aus der Mediathek. Ich kann es kaum fassen. Er sieht mich bekümmert an.

„Hey, da ist ja jemand aufgewacht. Geht es dir gut Dornröschen? Du hast seit einer halben Stunde die Augen zu", klärt er mich auf seine betont lockere Art auf, bei der nun aber auch ein besorgter Unterton mitschwingt.

Ich bekomme kein Wort zustande. Es ist, als würde irgendwas meine Sprechfähigkeit blockieren. Wo bringt mich Mahdi jetzt hin? Woher kennt Shona ihn? Muss ich zu einem Lehrer, Sanitäter? Zu einem was weiß ich was? Anscheinend muss ich ziemlich verwirrt und verstört aussehen, denn Shona kommt zu mir.

„Hey Süße, keine Angst, wir bringen dich zu den Schulsanitätern, die sollen sich dann um dich kümmern. Und das ist übrigens Mahdi."

Sie zeigt auf den Jungen aus der Mediathek, der der mich trägt. Das ist schon wieder alles viel zu viel für mich. Außerdem bringt es jetzt überhaupt nichts, mir irgendwas zu erzählen, denn ich bin gerade null aufnahmefähig. Deshalb schließe ich wieder die Augen. Die Müdigkeit überfällt mich wie eine Armee und überwältigt mich.

„Sie hat eine große Platzwunde am Kopf. Ihre Arme haben vier Schrammen und ihre Beine zwei blutige Wunden abbekommen. Ich habe ihr einen Druckverband um den Kopf gemacht. Bitte sagt ihr, wenn sie aufwacht, dass sie den Verband jeden Abend wechseln soll. Bleibt bei ihr."

„Danke, Herr Kleber. Sie haben uns sehr geholfen."

„Bitte , bitte, dafür bin ich ja schließlich da. So und nun zu euch drei. Was habt ihr zu eurer Entschuldigung zu sagen?"

Ich schätze, er redet mit den drei verrückten Jungs.

„Wir ... wir ... wir wollten das ganz bestimmt nicht."

„Es war ein Versehen."

„Es tut uns leid."

„Th, es tut euch leid? Ach wirklich , hätte ich nicht gedacht. Fällt euch nichts Besseres ein?!"

Es ist wirklich rührend, wie sich Shona für mich einsetzt.

„Ganz ruhig Shona. Ich kläre das mit den dreien draußen."

Und damit schiebt der Mann die Jungs aus dem Raum und schließt leise die Tür hinter sich. Zumindest stell ich es mir so vor.

„Ich muss mal kurz aufs Klo. Bin gleich wieder da."

Moment, das war die Stimme meiner Freundin und wenn sie jetzt raus geht, bedeutet das, dass ich alleine mit Mahdi bin. Sag mal, wie viele Schrauben hat die eigentlich locker? Die kann mich doch nicht einfach allein mit ihm lassen. Na die wird was von mir zu hören bekommen, wenn es mir wieder besser geht. Und nur so ich bin keine Pussi, aber ich bin überhaupt nicht vorbereitet und noch dazu in einem ausgenommen schlechten Zustand.

„Ist o.k. Ich bleibe bei ihr", erklärt er sich bereit.

Na ganz toll. Soll ich mich jetzt freuen oder nicht. Da fällt die Tür auch schon ins Schloss. Ich merke wie er sich zu mir aufs Bett setzt.

„Oh Serafina, bitte lass mich nicht allein. Du musst durchhalten. Komm schon, du bist so ein starkes Mädchen", ich fass´ es nicht.

Hat er das gerade eben wirklich gesagt? Niemals oder doch? Das hört sich ja an wie in einem Liebesfilm und das, obwohl wir uns nur vom Sehen her kennen. Jetzt kommt das Unglaubliche: Ich spüre, wie er zaghaft und vorsichtig, aber liebevoll meine Hand nimmt. Behutsam legt er sie in seine eigene. Sie fühlt sich warm und angenehm an. Ich schmelze unter meiner Wärmedecke vor lauter Glück nur so dahin.

In meinem Herzen weiß ich: Das ist einer der schönsten Tage meines genialen Lebens. Und in meinem Kopf weiß ich, dass dieses Erlebnis bestimmt eine Kernerinnerung wird.

„M ... Mah ... Mahdi", stottere ich und merke wie er leicht zusammenzuckt und verlegen seine Hand zurückzieht um sich damit hinter seinem Ohr zu kratzen.

„B ... bin ich froh, dass es dir gut geht", jetzt ist er es der stottert und sprachlos ist.
„Bitte, lass mich nicht allein", flehe ich ihn an.
„Nein, lass ich nicht. Kann ich etwas für dich tun?", erkundigt sich Mahdi.
„Ah, ich sehe du bist wieder wach", es ist Herr Kleber.

Leise schließt er die Tür hinter sich, doch die wird gleich darauf wieder aufgerissen und meine ABF stürmt herein. Sie fällt mir um den Hals, so dass ich fast nach hinten umkippe.
„Du bist wieder bei mir. Juhu."
„Ja, zumindest glaub ich das, solange du mich nicht mit deiner Umarmung erwürgst."
Wir müssen lachen.
„Wenn du wieder lachen kannst, ist das ein Zeichen dafür, dass es dir schon wieder deutlich besser geht. Von mir aus könnt ihr drei jetzt wieder in den Unterricht."

Als Antwort kommt ein dreifaltiges Stöhnen von uns. Wir müssen wieder lachen, auch Herr Kleber. Doch bevor wir die „Krankenstation" verlassen, muss Shona noch eine Frage loswerden:
„Was ist nun eigentlich mit den Jungs passiert, die Serafina umgefahren haben?"
„Sie haben sich überlegt, dass sie dich als Entschuldigung auf ein Trost-Eis einladen wollen und dass du deine Freunde gerne mitbringen kannst."

Juhu.

„Äh und wann, wenn ich fragen darf?", hackt Mahdi nach.

„Gleich nach der Schule.“

„Na das hört sich doch gut an“, kommentiert Shona.

„Danke nochmals, Herr Kleber.“

„Bitte schön, aber sobald du irgendwelche Schmerzen verspürst, meldest du dich bei mir, in Ordnung?“

„O.k., ich werde dran denken“, verspreche ich.

Voller Vorfreude auf das Eis, das uns erwartet, laufen wir beschwingt in unsere Klassen. Doch nun muss Mahdi leider links abbiegen und wir rechts.

„Bis später“, ist das Einzige, was ich heraus bekomme und wahrscheinlich laufe ich gerade so rot an wie eine Johannisbeere.

Schnell blicke ich zu Boden.

„Ciao, bis nachher.“

Shona schlägt lässig mit ihm ein, schlägt ihm auf die Schulter und dreht sich dann zu mir um. Mahdi klopft soeben an die Tür, winkt uns noch einmal zu, bevor er dann in seinem Klassenzimmer verschwindet.

Wir sind schon in der zweiten Stunde also müssten wir jetzt Klassenlehrerstunde haben. Ächzend und schnaufend kommen wir schließlich im zweiten Stock an. Ganz hinten im Gang ist unser Klassenraum. Alle nennen es: „das Nirvana“, weil sonst niemand außer uns drin ist. Und es hinter einer Ecke versteckt ist, wo keiner es sieht.

„Du klopfst an!“, fordere ich Shona auf.

„Von mir aus, du kleiner Angsthase“, neckt sie mich und stupst mir mit ihrem Ellenbogen freundschaftlich in die Seite.

„Klopf, klopf.“

„Draußen bleiben“, ruft David.

Ihn erkennt man sofort an seiner Stimme. Grölendes Gelächter von drinnen. Ha ha sehr witzig. Shona drückt die Türklinke runter ohne auf eine Aufforderung, einzutreten, zu warten. Als meine Klasse jedoch sieht, wie ich zugerichtet bin, fangen sie noch lauter an zu lachen. Unsere Lehrerin Frau Sonnenschein eilt mir entgegen und legt mir besorgt eine Hand an den Verband.

„Ruhe, das ist nicht komisch!“, sie wendet sich an mich: „Was ist denn mit dir passiert? Ist alles in Ordnung?“, typisch ihre besorgte Art.

Als ob ich so aussehe, als sei alles in Ordnung. Damit sie nicht noch einen größeren Aufstand macht, antworte ich:

„Ja, es ist alles in Ordnung. Ich war schon bei den Sanitätern.“

„Gut, wenn du willst, kannst du nach der Stunde zu mir kommen und mir erzählen, was passiert ist“. - Ich denke „Ganz bestimmt nicht“.

Stumm setzte ich mich an meinen Platz, der zwischen Shona und David ist. Die schweigenden Blicke meiner Klassenkameraden begleiten mich dort hin.

Ich höre unserer Lehrerin nur mit halben Ohr zu. Die ganze Zeit muss ich an Mahdi denken. Wie er meine Hand genommen und diese netten Worte gesagt hat. Vielleicht wird es ja doch noch was mit uns.

Ich bin heilfroh, als es zur Pause klingelt.

„Können wir wieder in die Bücherei?“, frage ich, „Ich möchte Mahdi noch dafür danken, dass er mir geholfen hat.“

„Bei mir hast du dich auch noch nicht bedankt“, jammert Shona.

Leichte Enttäuschung schwingt in ihrer Stimme mit.

„Sorry, dich hab ich ganz vergessen.“

Ich falle ihr um den Hals.
„Danke, danke, danke. Ich hab dich sooo lieb."
„Bitte, bitte, bitte. Ich hab dich auch soooo lieb."

Lachend betreten wir die Mediathek. Shona verkriecht sich wieder in ihrer Zeitschriften-Ecke.

Suchend blicke ich mich um. Komisch, hier ist er nicht. Vielleicht ist er bei dem guten Wetter draußen. Ein Blick über die Schulter versichert mir, dass Shona die nächsten zehn Minuten mit Zeitschriften lesen beschäftigt sein wird.

Also schleiche ich mich leise nach draußen. Vorbei an den Schülern, die vor dem Pausenverkauf Schlange stehen, vorbei an den Lehrern, die sich mit anderen Lehrern unterhalten und sich über ihre schlimme Klasse austauschen oder ins Lehrerzimmer eilen, vorbei an den Schülern, die mir missbilligende Blicke wegen meiner Kleidung zu werfen. Die Frage ist bloß, was sie daran so komisch finden, bis auf meinen Verband, das verstehe ich ja, aber sonst? Heute habe ich mich für blau-weiß geringelte Overknees, eine kurze blaue Hose und eine weiße, mit roten Blumen bedruckte, Bluse entschieden. Ich beschließe, sie einfach zu ignorieren. Die haben bloß nichts Besseres zu tun.

Mittlerweile stehe ich ratlos auf dem Pausenhof. An den zwei rechteckigen Tischtennisplatten ist er nicht. An den zwei runden auch nicht. Bei den Schülern, die sich liegend oder sitzend auf dem Boden sonnen, finde ich ihn auch nicht. Doch da entdecke ich ihn. Gerade trippelt er um den Basketballkorb mit einem orangenen Ball herum und springt ab. Der Ball landet majestätisch im Korb und hüpft auf dem Boden auf und ab bis Mahdi ihn fängt. Die Jungs aus seiner Mannschaft jubeln.

Ich schlage mir mit der flachen Hand gegen die Stirn. Ich Hornochse, da hätte ich gleich drauf kommen können. Hab´ ja ganz vergessen, dass er in seiner Freizeit immer Basketball spielt, so wie es mir seine Nachbarin, die zugleich meine BFF ist, verraten hat. So, nochmals schnell meine Bluse zurecht rücken, meine Overnees hochziehen und meine Haarsträhne hinter´s Ohr stecken.

Langsam merke ich, wie meine Beine sich in blau-weiß geringelten Wackelpudding verwandeln. Komm´ schon Serafina! Du schaffst das! Zielstrebig wackel´ ich auf ihn zu. Es dauert keine fünf Sekunde, bis er mich bemerkt. Er kommt mir entgegen gelaufen.

„Hi Serafina. Wie geht's deinem Kopf?"

Ich bin bloß froh, dass die anderen Jungs weiter Basketball spielen und nicht auf die Idee kommen, herzukommen.

„Ähm, meinem Kopf geht es wieder besser. Du weißt doch, dass ich einen Dickschädel habe. Äh ... ich ... ich wollte mich nochmals herzlich bei dir bedanken für ... für deine Hilfe. Sonst wäre ich womöglich immer noch bewusstlos."

Ich bin selbst überrascht, dass ich so viele Worte aus mir heraus gebracht habe.

„Bitte, bitte, immer wieder gerne. Ich hoffe nur, dass ich so was nicht nochmals machen muss", er lächelt mich an.

Beinahe kippe ich vornüber. Doch im letzten Moment fange ich mich.

„Ding, dang, dong."

Na toll, immer in den schönsten Momenten muss irgendwer oder irgendwas dazwischen kommen.

„Bis später", er beugt sich zu mir vor und ... gibt mir einen sanften Kuss auf die Wange.

Und das mitten auf dem Schulhof. Ich merke, wie mir die Röte ins Gesicht schießt. Nur gut, dass er es nicht sehen kann, weil er schon zu seinen Freunden rennt. Noch einmal blickt er mich aus seinen wunderschönen Augen an, bevor er sich zu seinen Kameraden wendet. Das Einzige was mir natürlich wieder nur einfällt ist, dass ich ihm wie eine Schüchterne hinterher winke. Ein paar aus der Unterstufe blicken mich ratlos an. Nur zu gut kann ich mir vorstellen, wie dumm ich gerade aussehe. Meine Haarsträhne rutscht mir erneut ins Gesicht. Doch das ist mir nun relativ egal. Vor Liebe benebelt verlasse ich den Schulhof. Seltsam, waren die Wolken vorhin auch schon so rosa? Und wieso tragen auf einmal alle pinke T-Shirts. Unser Schulgebäude hat ebenfalls einen rosa Ton angenommen.

Auf meinem Weg ins Klassenzimmer remple ich drei Leute an, laufe gegen die Säule in der Aula und zuguterletzt renne ich auch noch gegen die Glastür, die unnötigerweise vor unserem Klassenzimmer gebaut worden ist. Meine Klasse steht natürlich dahinter und krümmt sich vor Lachen. Einer liegt sogar auf dem Boden und rollt kichernd hin und her. Ich öffne die Türe und laufe nun etwas weniger gut gelaunt durch die Menschenmenge. Meinen Rucksack schmeiße ich gegen die Wand und lehne mich an sie. Langsam lasse ich mich an ihr zu Boden gleiten.

„Ha, ha sehr witzig. Haltet einfach eure Klappe. Ihr seid echt die Letzten!"

Shona stürzt zu mir. Sie kniet sich vor mich hin.

„Sorry, dass ich einfach gegangen bin. Ich wollte dich nicht stören. Eigentlich wollte ich mich nur nochmal schnell bei Mahdi bedanken und das hat doch länger gedauert als erwartet."

„Schon o.k. Ich hab es auch erst bemerkt, als es gegongt hat. Ist sonst alles in Ordnung mit dir? Du wirkst so blass und doch so happy."

Ich erzähle ihr von meiner Pause, dem Kuss von Mahdi und wie ich fünfmal gegen ein Hindernis gelaufen bin.

Auf einmal merke ich, dass es um uns herum still geworden ist. Und da höre ich auch schon den Grund. Der Lehrer Schlüssel klimpert so laut, dass man ihn schon von weitem hören kann. Klar, dass, wenn ein Lehrer kommt, die Kinder sofort still sind, selbst die dümmsten Idioten.

Die letzten vier Stunden ziehen sich wie Kaugummi in die Länge. Doch endlich haben wir es geschafft.

„Wo treffen wir uns eigentlich mit deinem Retter?"

„Shona", zische ich, „nicht so laut! Es muss ja nicht die ganze Schule mitkriegen, dass ich einen Unfall hatte. Und außerdem: Sehe ich etwa so aus als wüsste ich, wo wir uns mit ihm treffen!"

„Nö."

„Na also."

Wir beschließen, einfach am Vertretungsplan zu warten. Haargenau in diesem Moment kommt er. Gut gelaunt steuert er auf uns zu. Er umarmt zuerst Shona. Neid. Sag mal was fällt

der eigentlich ein? Will sie mir jetzt etwa meinen zukünftigen Freund wegnehmen?
„Hallo, Seri? Willst du Mahdi nicht auch begrüßen?“, was meint sie damit?

Oh je mein Zorn hat meinen Blick völlig vernebelt und ich habe gar nicht gesehen, dass Mahdi nun vor mir steht und die Arme geöffnet hat. Er umarmt mich. Mir wird schwindelig. Meine Wut ist wie wegblasen. Ich möchte ihn nie wieder loslassen. Doch genau das tut er.
„Gehen wir?“, erkundigt sich meine ABF.
„Klar.“
Kaum sind wir aus der Schule draußen kann ich es nicht mehr zurückhalten:
„Leute, kann ich euch ein großes Geheimnis, besser gesagt eine große Sorge von mir anvertrauen?“
Mahdi macht sofort ein bestürztes Gesicht.
„Will dich jemand umbringen?“, meint er spaßeshalber.
„So in die Richtung.“

Nun sieht er aus wie ein Geist. Sein Gesicht ist käsebleich. Wenn er sich jetzt vor unser weißes Schulgebäude stellen würde, würde man ihn wahrscheinlich nicht mehr erkennen. Shona sieht ebenfalls sehr besorgt aus, lässt es sich aber keineswegs anmerken. Ich kenne sie jedoch zu gut.
„Klar, geteiltes Leid ist halbes Leid“, meint sie schließlich.

Nun erzähle ich ihnen haargenau, was Papa mir von Sonja erzählt hat, als wir im Kaffee waren. Danach von Paul, der Wohnungsbesichtigung, dem Immobilienmakler, dem Überfall im Immobiliengeschäft, den Worten von dem Immobilienmakler, von meiner Recherche und zuletzt von meiner Schlussfolgerung. Ich kann es nun einfach nicht länger für mich behalten.

Shona und Mahdi hören mir gespannt zu. Ab und zu geben sie ein

„Ach, du Arme!",

„Ach du meine Güte" oder

„Um Himmels Willen!" oder einfach ein

„Oh" und

„Ah" dazwischen.

Als ich fertig bin, stehen wir bereits vor der Eisdiele. Da die Jungs noch nicht da sind, setzen wir uns an einen Platz weit weg von den anderen Leuten, so dass wir ungestört reden können. Meine Freundin findet als erste ihre Sprache wieder:

„Mein Gott, Seri! Weißt du was alles hätte passieren können? Weißt du, wie unvorstellbar das alles ist?"

„Ja, ich weiß. Es klingt wirklich ein bisschen durchgeknallt..."

„EIN BISSCHEN durchgeknallt?!", fällt mir Mahdi ins Wort, „das ist das Durchgeknallteste, was ich je gehört hab und glaub´ mir, ich hab schon einige durchgeknallte Sachen gehört."

„Was hast du als nächstes vor?"

Ich druckse ein wenig herum, weil ich weiß, dass meine Idee sich total abgedreht anhört.

„Hallo, beste Freundin an Tagträumefreak", Shona schnipst vor meinem Gesicht herum.

„Ühm, ich weiß nicht ob ihr meine Idee hören wollt. Sie ist ... na ja ... ein bisschen abstrakt..."

„Schieß endlich los. Mehr als dir den Kopf abreisen können wir sowieso nicht."

„Hey!"

Mahdi schaut Shona mit einem verständnislosen Blick an.

„Schon gut. Das war ja nur ein Scherz. Ihr seid aber auch wirklich spaßfrei", verteidigt sie sich.

„Also gut, ich dachte mir, dass ich auf jeden Fall nicht die Polizei informiere..."

„Was, wieso das denn nicht?"

„Jetzt lass sie halt ausreden, Shona."

„Weil ich mit dem Mann persönlich reden will."

Shona möchte gerade schon wieder etwas einwenden, doch diesmal falle ich ihr ins Wort, bevor sie überhaupt anfangen kann.

„Ich meine, er hat ja einen Grund, wieso er so ist. Und ich glaube, mit solchen Menschen muss man reden! Gewalt oder die Polizei würden es wahrscheinlich nur noch schlimmer machen. Außerdem ist er bestimmt sehr einsam und freut sich vielleicht, wenn er Besuch bekommt."

„Bitte was? Du willst doch nicht ernsthaft ihm allein einen Besuch abstatten. Wie wär's mit einem Strauß Rosen als Gastgebergeschenk und zum Kaffee könntest du gerade noch einen Kuchen mitbringen? Glaubst du etwa, der wird dir die Tür freundlich öffnen und dich bitten, einzutreten? Bist du blöd geworden?"

Um ihre Worte zu unterstreichen, zeigt sie mir den Vogel.

„Naja, alleine wollte ich auch nicht hingehen, sondern ich wollte euch fragen, ob ihr mitkommt."

„Du spinnst! Eindeutig. Niemand geht freiwillig in das Haus eines Mannes, der Kinder umbringt. Schon vergessen, dass er genau dich ausgewählt hat, nicht als Königin von Hinterdupfingen, sondern als nächstes Opfer! Der wird einen Luftsprung machen, wenn du plötzlich vor der Tür stehst. Wahrscheinlich wird er dich knallhart mit deinem mitgebrachten Kuchen erschlagen und die Blumen obendrauf legen. Anschließend wird er dich in seiner Wand einmauern und wir dürfen dabei Zeugen sein. Nein, noch besser, er wird uns, weil wir Zeugen waren, gleich mit in die Wand einmauern, mein lieber Herr-Gesangs-Verein, und dann..."

„Jetzt mach aber mal halb lang! Niemand wird Serafina so leicht in irgendeine Wand einmauern und außerdem werde ich mitkommen. Das wäre ja wohl echt das letzte, sie alleine dorthin zu schicken."

Für diese lieben Worte würde ich ihn am liebsten umarmen und ihm einen Kuss geben. Aber das geht natürlich nicht. Shona starrt ihn ungläubig an.

„Das bedeutet, du kommst mit? Du würdest dein Leben für das Leben von Serafina opfern?"

„Wenn es ihres rettet, auf jeden Fall, das machen Freunde doch so, oder?"

Mir fällt ein riesengroßer Stein vom Herzen, weil ich weiß, dass ich diesem Übeltäter nicht allein gegenübertreten muss. Aber bei Shona ist anscheinend ein riesengroßer Stein dazugekommen. Ich sehe in ihren Augen die Bewunderung gegenüber Mahdi und zugleich die Unentschlossenheit, ob sie ebenfalls mitkommen soll. Beruhigend lege ich ihr die Hand auf die Schulter.

„Hey, es ist in Ordnung, wenn du dein Leben nicht aufs Spiel setzten willst. Ich kann das verstehen."

Sie schaut mich fragend an.

„Mahdi, kann ich Shona mal kurz unter vier Augen sprechen?"

„Klar!"

Er schiebt seinen Stuhl zurück und läuft zum Herren-Mode-Geschäft, um dort die Anzüge zu begutachten.

Zum ersten Mal seit der fünften Klasse erlebe ich hautnah mit, wie meine Freundin zu weinen anfängt. Mir bricht es fast das Herz. Sie lässt ihren Tränen als auch Gedanken freien Lauf.

„Ich, ... ich komme mir so seltsam vor. Mahdi kennt dich erst seit kurzem und ist dafür bereit, sein Leben für dich herzugeben. Und ich, ... ich kenne dich schon solange und ich bin zu feige um mit dir zu kommen. Natürlich will ich dich nicht verlieren, möchte dir helfen, doch auf der anderen Seite habe ich einfach Angst. Verstehst du? Du liebst ihn und möchtest am liebsten den ganzen Tag mit ihm verbringen. Das kann ich gut nachvollziehen. Ich bin selbst ein bisschen neidisch auf dich, aber ich gönne ihn dir ja. Ich fühle mich dann nur manchmal wie das fünfte Rad am Wagen. Und vor allem jetzt..."

Weinend wirft sie sich mir in die Arme. Ich bin so baff über ihre Worte, dass ich zuerst gar nicht reagiere. Doch dann erwidere ich ihre Umarmung. Mahdi deutet das anscheinend als Zeichen, dass er wieder kommen darf.

„Und wieder alles im Lot auf´m Boot?"

Ich möchte lachen, doch die Situation ist einfach zu ernst.

„Bedeutet das, dass Shona auch mitkommt?"

Wie auf´s Stichwort richtet sie sich auf und wischt sich mit einer kleinen Handbewegung die Tränen weg. Mahdi ist anscheinend ein bisschen überrascht darüber, dass Shona, das starke, selbstsichere Mädchen, geweint hat.

„Ja, ich komme auch mit!"

Jetzt bin ich vollkommen durch mit ihrem Verständnis. Ungläubig starre ich sie an. Um mich auch noch zu überzeugen, sagt sie erneut mit selbstsicherer Stimme:
„Ja, ich komme auch mit!“
„Entschuldigung, dass wir zu spät sind. Herr Adler hat überzogen.“

Schnaufend lassen sich die drei Radler auf den freien Stühlen nieder. Mein Gott, haben die mich erschreckt. Seltsam, ich habe weder gehört, noch gesehen, wie sie gekommen sind. Vielleicht war ich einfach zu sehr mit meiner Freundin beschäftigt.
„Habt ihr schon bestellt?“
„Ne, wir mussten ja noch auf die Eissponsoren warten“, gibt Mahdi cool zurück.
Bei dem Wort „Sponsoren“ verziehen sie leicht das Gesicht.
„Schon gut, was wollt ihr haben?“
Als erstes gibt Shona ihre Bestellung auf:
„Ich hätte gern eine Kugel Himbeere in der Waffel.“
„Und mir könnt ihr eine Kugel Zitrone und eine Kugel Kirsche im Becher mitbringen.“

Shona wirft mir einen vielsagenden Blick zu. Was soll das denn schon wieder? Naja was soll's, ich werde sie später drauf ansprechen.
„Und was möchtest du? Wegen dir sind wir ja eigentlich hier.“
Verlegen schaue ich auf meine Schuhspitzen, weil ich es irgendwie nicht leiden kann, wenn Leute extra wegen mir etwas machen oder für mich Geld ausgeben. Ich richte mich dann aber auf und sage:
„Einen Bananen-Milch-Shake bitte.“

„Wird gemacht Lady", sagt einer von den „Sponsoren".

Ich werfe Mahdi einen entschuldigenden Blick zu und zucke mit den Achseln. Von Shona kassiere ich einen eifersüchtigen und wütenden Blick. Was hat sie denn?

„Wartet, ich komme mit, um euch beim Tragen zu helfen", bietet sich Mahdi an.

Diese Gelegenheit nutzte ich und beuge mich zu meiner Freundin rüber. Auf den fiesen Blick spreche ich sie lieber nicht an, aber auf den von vorhin.

„Was sollte dieser Blick vorhin bedeuten?"

„Na, hast du nicht die neue Ausgabe von „Bravo-Girl" gelesen?"

Ich schüttel' den Kopf, was sie dazu bewegt, mir weiter zu erzählen.

„Da steht drin, dass wenn ein Junge, also dein Schwarm, Zitrone bestellt, er relaxt und gechillt ist und er immer weiß, wie er dich zum Lachen bringt."

„Was bedeutet dann Kirsche?"

„Ja lass mich halt ausreden, dann erzähl ich es dir. Also Kirsche bedeutet, dass er ein echter Kumpel ist und - jetzt kommt das Abgefahrene - du kannst mit ihm Pferde stehlen!"

„Huh, das hört sich ja beruhigend an. Weißt du zufällig auch, was es heißt, wenn er einen Becher anstatt eine Waffel nimmt?"

„Aber klar doch. Es bedeutet, dass er sich in deiner Nähe unsicher fühlt, also natürlich im guten Sinn, und deshalb Angst hat sein schönes Outfit, das er heute extra für dich angezogen hat, zu bekleckern. Das ist doch voll süß, oder?"

„Oh ja, das ist es!"

Verträumt wickle ich eine Haarsträhne um meinen Zeigefinger.

„Voila, die Damen. Ihre Bestellungen."

Mit einer ausholenden Handbewegung stellt Mahdi meinen gewünschten Shake vor mich hin (wie ein echter Gentleman).

„Danke schön du holder Herr."

Wir müssen lachen. Mahdi und ich werden leicht rot.

Kaum haben sich alle wieder gesetzt, schlecken und trinken wir genüsslich die kalte Erfrischung.

„Vielen Dank auch für den Milchshake und das Eis. Das ist eine prima Idee von euch gewesen und ideal für diese Sommer-Temperaturen", bedanke ich mich bei den Bikern.

„Bitte schön. Wir hoffen, du vergibst uns wegen des Unfalls und es geht dir hoffentlich bald wieder besser. Es war wirklich nicht mit Absicht."

„Das glaube ich euch und ich verzeihe euch. Wie wär's, wenn wir das einfach der Vergangenheit zuschreiben und in der Gegenwart Freunde sind?"

„Kommt, lasst uns darauf anstoßen!", kommt mir Mahdi zu Hilfe.

Das sieht witzig aus, wie alle ihr schon halb aufgegessenes Eis und ich meinen Shake in die Mitte strecken und wir gemeinsam rufen:

„Auf die neue Freundschaft."

Die Leute um uns herum schauen uns fragend an. Ups, ich habe gar nicht gemerkt, dass sich Leute an unsere Nachbartische gesellt haben. Ich wende mich wieder meinen neuen, alten Freunden zu. Den Jungs ist die Freude ins Gesicht geschrieben. Ich wünschte, ich könnte mich genauso freuen, doch die Aussichten darauf, dass ich nächste Woche noch mit Paul reden muss, sind alles andere als schön! Aber es ist nicht mehr ganz so schlimm wie vorhin, weil ich ja nun weiß, dass ich Begleitung bekomme.

„In welcher Klasse seid ihr eigentlich?"

„Wir sind in der Siebten, wie ihr."

„Seltsam ich hab euch noch nie gesehen", meint Shona.

„Dafür wir euch."

Ich merke, wie meine Freundin langsam die Farbe einer Himbeere annimmt, so dass sie sich problemlos hinter ihrem Eis verstecken könnte. Aha, jetzt geht mir ein Licht auf und diesmal werfe ich meiner Freundin vielsagende Blicke zu. Ich sehe ihr an, dass sie am liebsten die Welt umarmen würde.

Wir reden noch eine ganze Weile. Es ist wirklich erstaunend, was dabei alles ans Tageslicht kommt. Ich erfahre viele neue Sachen über den Jungen aus der Mediathek. Er hat auch zwei Hamster, zwei Geschwister und seine Eltern sind ebenfalls getrennt. Shona kriegt heraus, dass ihr Schwarm das gleiche Hobby wie sie hat, nämlich Judo, er im selben Dorf wie sie wohnt und natürlich seinen Namen: Felix. Ich muss ihr Recht geben, sie hat wirklich eine tolle Auswahl getroffen (so wie ich). Er ist nett, witzig, charmant und hat eine süße braune Locke, die ihm in die Stirn fällt.

Erst die Kirchturmuhr erinnert mich mit ihrem Geläut daran, dass Freitag ist und ich noch meinen Rucksack packen muss, damit ich mit Mama und Liv heute noch zum Zeltplatz fahren kann.

Shona bemerkt meinen besorgten Blick auf die Uhr.

„Musst du gehen?"

„Ja, es tut mir wirklich schrecklich leid. Aber wir fahren heute noch zum Zelten und ich habe noch nichts gepackt."

„Macht es dir was aus, wenn ich noch bleibe?", fragt Shona.

„Nein, nein, das passt, ich würde ja selbst gerne noch bleiben."

„Soll ich dich begleiten?“, bietet Mahdi mir an.
„Das musst du nicht. Ihr habt es gerade so schön.“
„Aber...“
„Bis Montag“, schneide ich ihm das Wort ab.

Ich umarme zuerst Shona, dann ihn. Es fühlt sich so geborgen an, umarmt zu werden. Mit den drei Bikern schlage ich nur kumpelhaft ein, bevor ich mich auf den Weg zur Schule mache, um mein Fahrrad zu holen. Ich höre gerade noch, wie einer der Jungs fragt:
„Wieso haben wir keine Umarmung gekriegt?“, und meine Freundin und Mahdi lauthals zu lachen anfangen.

Follow your dreams they know the way!

Ratlos stehe ich vor meinem Kleiderschrank und stelle mir die obligatorische Frage: Was soll ich anziehen, besser gesagt, was soll ich zum Zelten mitnehmen? Ich habe so viele Klamotten und trotzdem das Gefühl, ich habe nichts, was mir passt.

„Serafina, in einer halben Stunde ist Abfahrt!"

Mama kommt ins Zimmer gestürmt und macht vor meinem leeren Rucksack halt.

„Sag mir bitte, dass das nicht wahr ist."

„Ähm ... doch!"

Mum dreht sich auf dem Absatz wieder um und rauscht, wie ein Wirbelsturm, aus „meinem Reich". Wahrscheinlich hat sie noch Besseres zu tun, als sich mit mir über meine "Pack-Künste" zu streiten.

Nach einem weiteren ratlosen Blick in meinen Klamottenhaufen, entscheide ich mich für eine Jeans, eine Teddyjacke, ein T-Shirt und einen Pullover. Außerdem noch für ein Unterhemd, eine Unterhose und ein Paar Socken. Brauche ich auch noch einen Schal? Na ja, ich stecke ihn vorsichtshalber mal ein. Auf meine Kleidung lege ich noch mein neues Buch: „Der Feuervogel". Ich liebe dieses Buch! O.k. ehrlich gesagt liebe ich den Feuervogel, der darin vorkommt. Er sieht so magisch aus, wenn seine Flügel brennen.

In dem Buch kommt auch eine hübsche Prinzessin mit langen roten Haaren drin vor. Sie setzt sich immer auf den Rücken des

Feuervogels, so dass er sich mit ihr in die Lüfte erheben kann und sie zu ihrem Lieblingsort fliegen kann. Das ist ein kleines Häuschen mitten im Wald auf einer Lichtung. Das Dach ist mit Stroh bedeckt und ein kleiner dampfender Schornstein ragt daraus hervor. Neben dem Haus fließt ein Bach vorbei. Er entspringt aus einer Quelle mitten im Wald. Es heißt, wenn man sich darin badet, wächst einem eine Meerjungfrauenflosse und man kann mit Delfinen um die Wette schwimmen.

Vielleicht klingt das ein bisschen kindisch oder albern. Man kann sich dieses Häuschen ja auch anders vorstellen und den Bach. Ganz so wie man es am schönsten findet. Ich hoffe nur, man kann sich überhaupt etwas vorstellen. Denn ansonsten hat man seine Träume verloren und ohne sie ist man hilflos. Mein Kunstlehrer hat einmal zu mir gesagt:

„Bewahre dir deine Träume, wenn sie verschwunden sind, wirst du zwar weiter existieren, aber du hast aufgehört zu leben."

Auch wenn man der Meinung ist, es ist uncool zu träumen und niemand macht das, würde ich meine Hand dafür ins Feuer legen, dass jeder einen Traum hat. Und wer einen Traum hat, der kann ihm folgen, auch wenn er noch so unrealistisch erscheint. Am richtigen Ort, zur richtigen Zeit, im richtigen Moment wird man ihn finden. Seinen Traum!

So, was muss ich jetzt noch alles einpacken? Ah, mein Einhorn mit dem bunten Horn. Ich nehme es liebevoll in den Arm.

„Komm', Pocahontas, wir gehen zelten. Hab keine Angst, wenn es gleich dunkel wird. Das ist nur mein Rucksack", sage ich zu ihr.

Ich habe sie als Geburtstagsgeschenk letztes Jahr bekommen und nehme sie seitdem überall mit hin, da mein Teddy zu groß ist.

„Hahahahah... dein Ernst? Dein wirklicher Ernst? Du willst dein Einhorn mitnehmen? Das ist doch nur was für Babys... hahah!"

Meine Schwester hält sich kichernd am Türrahmen fest.

„Aus welcher Mottenkiste hast du das den ausgegraben? Vielleicht von der von unserer Urururuму?"

Ich merke, wie die Wutarmee sich zum Kampf aufstellt.

„Schon vergessen? Realität ist was für Menschen, die Angst vor Einhörnern haben! Na und, dann lebe ich halt nicht in der Realität aber ich habe zumindest keine Angst vor Einhörnern, wie du. Und jetzt verlass´ auf der Stelle mein Zimmer oder ich hole meine ganze Einhornarmee."

Lachend und bauchhaltend verlässt Liv das Zimmer. Oh mann, manchmal können Schwestern so was von nerven!

„Arme Pocahontas. Meine Schwester hat das bestimmt nicht so gemeint, nicht wahr Liv...", rufe ich ihr hinterher.

Doch als Antwort kommt nur dummes Gelächter. Ich schließe meinen Rucksack.

„Serafina, kommst du jetzt bitte oder wie viele Extraeinladungen brauchst du noch?"

„Ja Mum."

Ich wende mich an mein Zimmer:

„Bis übermorgen", dann flitze ich auf den Gang.

„Ja seid ihr wahnsinnig geworden?"

Im Flur stapeln sich zwei volle Kisten mit Essen. Zwei mit Schlafsäcken und Decken,... und drei weitere mit überflüssigem Material.

„Euch ist schon bewusst, dass wir nur für zwei Tage zelten gehen?!"

„Ja was weiß ich, vielleicht gibt es dort keinen Supermarkt, die Hungersnot bricht aus oder ein Hurrikan kommt, so dass wir in unserem Zelt bleiben müssen."

„Ein Hurrikan in Mitteleuropa? Das glaubst du ja wohl selber nicht, Mum", kritisiere ich sie.

„Du wirst mir dankbar sein, glaub mir."

Mir bleibt wohl nichts anderes übrig. Wenn uns eine Pfadfindergruppe so sehen würde mit unserem Gepäck, würde sie sich totlachen. Ist das peinlich!

Ich knie mich neben meinen Hamster.

„Tschüss Blea, übermorgen sind wir wieder da."

Als hätte sie mich verstanden, kommt sie aus ihrem Häuschen und klettert am Gitter hoch. Sie setzt einen so herzzerreißenden Blick auf, dass mir fast die Tränen kommen. Doch dafür lässt mir Mama keine Zeit.

„Kommst du jetzt Serafina! Es ist wirklich anstrengend, dir alles zweimal sagen zu müssen!"

Leise murmelt sie vor sich hin:

„Bis wir da ankommen haben die Nachtruhe und wir müssen im Auto übernachten."

Kaum sitzen wir in unserem fast „Oldtimer" schalte ich das Radio an. Ausnahmsweise kommt weder ein Gezeter von Mama noch von Liv zurück, zumindest jetzt noch nicht. Als erstes kommt das neue Lied von Alan Walker: „Sing me to sleep". Ich singe begeistert mit.

„Kannst du bei einem Song mal bitte nicht mitsingen?", mault meine Schwester auch schon los.

„Aber ich liebe dieses Lied. Es ist mein absolutes Lieblingslied."

„Ach ja, ich dachte das wäre „We dont talk anymore" von Selena Gomez. Nein warte, letzte Woche mein ich war es „Love in a pain" und das von Selena Gomez war vorletzte Woche."

„Quatsch, das hab ich doch nie gemocht."

„Ach ja, und wieso hast du es dann dreimal pro Tag auf Youtube angeklickt?"

„Das ist nicht wahr!"

Liv verdreht genervt die Augen.

„Hört jetzt endlich auf zu streiten", greift Mami ein.

„Erst wenn du zugibst, dass ich Recht habe", kontert Liv.

„Nein, erst wenn du mir Recht gibst", schieße ich zurück.

„Naja, also... es stimmt schon, dass du alle paar Tage ein neues Lieblingslied hast."

So jetzt reicht es! Die können mich doch mal.

„Mum, ich will ein eigenes Zelt."

„Häh was, wieso das denn?", entgegnet Mama entsetzt.

„Darum!"

„Hey, das wäre aber total gemein für mich! Ich will auch mein eigenes Zelt!"

„Das ich nicht lache. Du bekommst ja schon Angst, wenn nur irgendein Busch im Wind raschelt."

Ich lache verächtlich.

„Benutze deine Höflichkeit, deinen Mut, deine Fröhlichkeit, deine Hoffnung und deine Liebe", schießt es mir durch den Kopf.

Der Mann hat Recht. Mit Streit und Neid komme ich jetzt auch nicht weiter. Sie sind meine schlimmsten Feinde. Ich darf mich nicht von ihnen überwältigen lassen. Meine Mum sagt auch immer: Wie soll es Frieden auf Erden geben, wenn wir uns daheim schon streiten. Vor allem wegen so unwichtigen Dingen.

„Sorry Liv, das wollte ich nicht. Du hast schon Recht, dass ich oft ein neues Lieblingslied hab, aber es gibt nun mal so viele tolle Songs."

Ich schaue sie über den Rückspiegel an. Die Verblüffung ist ihr ins Gesicht geschrieben. Ich drehe mich zu ihr um und reiche ihr meine Hand. Sie nimmt sie.

„Entschuldigung!", sagen wir im Chor.

„Gut, jetzt ist ja wieder alles im grünen Bereich. Schön! Serafina würdest du dich bitte wieder nach vorne drehen. Du weißt genau, dass dir davon schlecht wird."

Also schaue ich eben durch die Frontscheibe. Ich lehne meinen Kopf gegen das kühle Fenster. Meine Augenlider werden immer schwerer. Sie schließen sich, wie ein Rolladen.

Vor mir sehe ich zuerst Dunkelheit. Nichts als Dunkelheit. Doch dann kommen wie aus dem Nichts zwei Gestalten. Sie sehen aus wie Shona und Felix. Sie laufen Hand in Hand durch einen dunklen Wald. Ich weiß nicht wieso, aber ich folge ihnen heimlich und leise wie ein Reh. Schließlich bleiben die beiden auf einer Lichtung stehen. Dahinter erstreckt sich ein großer See. Er wirkt geheimnisvoll und mysteriös, als wollte er irgendetwas verheimlichen.

Plötzlich zieht Felix das Mädchen an sich heran und küsst es. Das Girl ist zuerst verwirrt und verunsichert doch dann legt sie ihre Hände in seinen Nacken und erwidert den Kuss. Hach, was für eine Romanze. Doch der Augenblick hält nur kurz, denn auf einmal reist Shona sich von dem Jungen los. Kreischend zeigt sie in meine Richtung. Oh je, haben sie mich entdeckt?! Gerade will ich mit erhobenen

Armen aus dem Gebüsch kommen, als ich merke, dass meine Freundin an mir vorbei zeigt. Ich schleiche drei Bäume weiter hinter um besser sehen zu können.

Der Nebel ist recht dicht geworden, was es mir auch nicht leichter macht. Allmählich lichtet er sich. Zuerst sehe ich nur dunkle Schatten, dann ein paar Umrisse. Jetzt sehe ich leider die ganze Wahrheit. Da ist ein Baum, dessen Äste bis weit ins Wasser ragen. An einem dieser Äste hängt etwas. Eine Gestalt. Ich glaube einen Jungen ausmachen zu können. Ihm zu Füßen liegt ein Mensch mit dunklen, langen Haaren. Es muss ein Mädchen sein. Neben den beiden steht aber noch jemand. Dieser Jemand befindet sich auf einem Hügel aus... aus... aus Leichen! In der einen Hand hält er ein Messer, das im Mondschein glänzt. Die andere Hand hat er in die Hüfte gestemmt. Er ist groß und hochgewachsen. Seine Augen funkeln mich hinterhältig an.

Meine Freundin schreit immer noch, so als müsse sie einen Opernwettbewerb gewinnen. Nun steige ich jedoch in ihr Gebrüll mit ein. Felix bemerkt mich sofort und schaut mich verständnislos an. Leider ist nun keine Zeit für Erklärungen, denn die Gestalt mit dem Messer bewegt sich auf mich zu. Eine widerstrebende Idee kommt mir in den Kopf, wer das sein könnte: Paul Devillie.

Sofort drehe ich mich um und renne schreiend durch den Wald. Ohne ein direktes Ziel zu haben. Blätter schlagen mir wie Ruten ins Gesicht. Hinter mir höre ich Äste knacken. Auf einmal verstummt es hinter mir. Ich bleibe stehen, blicke mich um. Meine Wangen brennen und mir ist heiß. Mein Kopf scheint zu explodieren. Irgendetwas Kühles läuft meine Backen herunter. Das Letzte was ich realisiere ist: Blut, das ist Blut.

Ich schrecke auf.

„Hilfe, Hilfe jemand muss mir helfen!“

Doch da ist niemand, der mich hätte hören können. Über meine Backen läuft etwas Kaltes. Ich fahre mit meiner Hand darüber und erwarte, rote Hände zu haben. Doch sie sind einfach nur nass. Erneut kommt etwas Nasses von meinen Haaren runter. Ich lege meinen Kopf in den Nacken und schaue nach oben. Da steht doch tatsächlich Liv mit einer Wasserflasche. Sie lässt munter das Wasser über meinen Kopf laufen.

„Du kannst jetzt aufhören. Ich bin wach!“

„Was wirklich?“

Zur Kontrolle schüttet sie mir noch das restliche Getränk in mein Gesicht. Wütend blicke ich sie an und wische mir mit dem Ärmel das Wasser aus den Augen. Dabei bemerke ich, dass ich immer noch im Auto sitze.

„Mann, hast du wirres Zeug geredet. Irgendwas von Shona, Felix, Paul Devillie und Blut. Das muss man nicht verstehen, oder?“

„Äh nein. Wo ist Mama?“

„Sie meldet unser Zelt gerade bei der Rezeption an.“

Da kommt sie auch schon.

„Ah, ist unser Scheißerle (ich – hasse – dieses - Wort!) wieder aus seinem Schlaf erwacht? Wieso bist denn du so nass?“

„Liv war so freundlich und hat mir eine komplette Trinkflasche über den Kopf geleert. Sie war der Meinung, ich müsste mal wieder duschen“, meine Stimme trieft nur so vor Ironie.

Mum versteht davon jedoch nur die Hälfte.

„Kommt, wir bauen unser Zelt auf. Danach können wir auch noch grillen“, schlägt sie schließlich vor.

„Au ja, komm, Seri, wir beeilen uns."

Also klettere ich aus meinem Sitz, auf dem sich schon eine kleine Pfütze gebildet hat.

Eine halbe Stunde später stehen wir ratlos vor unserem Zelt. Besser gesagt, ich stehe mit der Anleitung vor einem Haufen aus Planen, Tüchern, Schnüren und Karabinern. Mama ist unter dem Haufen, der einmal unser Zelt werden soll und versucht hilflos die Schnüre zu entknoten. Liv steht am Rand und versucht verzweifelt, die roten, die gelben und die grünen Stangen zusammenzustecken, wobei jeder Blinde sehen kann, dass das nie was wird.

„Reicht mir mal bitte jemand die Heringe?"

„Wenn du mir sagst, wo du die Fische hin hast, ja", meldet sich Liv freiwillig, damit sie nicht weiter Stangen sortieren muss.

„Oh Mann, du bist so dumm wie Stroh, wobei wahrscheinlich sogar das mehr Verstand hat als du!", weise ich sie zurecht und gebe Mama die Heringe, zum Zelt befestigen.

Beleidigt widmet Liv sich wieder ihrer Arbeit.

„Wo müssen die hin?", kommt es unter dem Haufen hervor.

„An die Seiten. Also glaub' ich jedenfalls."

Auf einmal wird das „Zelt" zurück geworfen und Mum steht vor mir.

„Zeig mal her."

Die Heringe wirft sie dabei mutlos auf den Boden.

„Braucht ihr vielleicht Hilfe?"

„Marcelino!"

Meine Schwester lässt die Stangen fallen und rennt auf ihren Brieffreund zu. Sie umarmt ihn überglücklich. Ich hingegen begrüße ihn mit einer lässigen Handbewegung und

„Hi."

Hinter ihm tauchen Monika und Klaus auf.

„Was für eine Überraschung, dass ihr auch hier seid."

Mami ist sichtlich erleichtert.

Klaus kommt als erstes zu mir.

„Hi Serafina, lang nicht mehr gesehen."

„Stimmt. Kannst du uns vielleicht helfen!?"

„Sicher doch. Als erstes solltest du die Anleitung umdrehen. Dann liest es sich gleich viel leichter", er lacht.

Wie peinlich. Das muss natürlich wieder mir passieren. Doch zur Antwort gebe ich:

„Klar doch, ich wollte nur testen ob es dir auffällt."

Monika greift Mama unter die Arme und Marcelino meiner Schwester beim Stangen-Zusammenstecken.

Nach weiteren 15 Minuten steht unsere Schlafhöhle endlich vor uns. Sie ist weiß, pink, grün und blau gemustert mit Dreiecken, Kreisen, Schlangenlinien, Vierecken und vielem mehr.

„Habt ihr Lust, zum Grillen zu bleiben?", bietet Mama an.

„Ja gerne. Wir holen noch schnell unser Grillzeug."

Mit meinem Blick verfolge ich sie, um rauszubekommen, wo ihr Zelt steht. Es steht fünf Zelte neben uns.

Zurück kommen sie mit: Grillfackeln, Steaks und roten Würstchen. Außerdem trägt Livs Brieffreund noch eine Tüte Brötchen unterm Arm.

„So, da sind wir wieder."

Ich laufe schnell zum Auto und hole noch unseren Essensproviant, den Mama ja reichlich gepackt hat: Ketchup, Senf, weiße Würstchen und halbe Hähnchen ;) Mami zündet unseren kleinen, orangenen Grill an. Klaus legt das Fleisch darauf. Ich fahre mir genüsslich mit der Zunge über meine Lippen. Liv und Marcelino decken eifrig den Campingtisch. Ein köstlicher Duft breitet sich über uns aus.

Ich komme mir so vor, wie wenn ich nach Hause komme und es im Treppenhaus so lecker nach Essen duftet. Dann wünschte ich immer, ich könnte da mitessen. Heute riecht es bei uns so gut.

„Essen ist fertig", verkündet Mama.

Triumphierend hält sie die Grillzange in die Luft.

Beim Essen werden Informationen über Informationen ausgetauscht. Unsere Urlaubsfreunde erzählen Neues aus Möhrendorf und wir Neues aus Kempten. Bis spät in den Abend hinein sitzen wir dort.

„Das Essen war wirklich köstlich, aber ich glaube, wir müssen allmählich gehen. Kommst du Marcelino?"

„Vielen Dank."

„Tschüss."

„Bis Morgen."

Wir räumen den Tisch ab und löschen das Feuer. Na ja also wir wollten es löschen.

„Liv, holst du bitte die Plastikflasche aus dem Auto", ruft Mama.

„Ähm ... also ... die hab ich doch vorhin über Serafina geleert."

„Oh mann, ihr zwei seid echte Streithammel. Nimm´ die Flasche und such´ den nächsten Brunnen, bevor unser Grill noch schmilzt."

„Komm Liv, ich mach das", ich nehme ihr die Flasche aus der Hand.

Auf meinem Rücken spüre ich ihre verdutzten Blicke.

Ich laufe an dem Zelt unserer Urlaubsfreunde vorbei, an der Rezeption und an einem kleinen Laden. Auch eine Wirtschaft entdecke ich. An der Tür hängt ein Schild: „Geschlossen". Am Ende des Weges sehe ich einen kleinen Brunnen stehen. Trinkwasser steht darauf. Ich drehe den Hahn auf und lasse die Flasche volllaufen.

Auf dem Rückweg schlage ich den Weg ein, der am Badsee vorbei führt. Ein paar Leute schwimmen noch in den letzten Sonnenstrahlen.

Zurück am Zelt nimmt Mama die Flasche entgegen.

„Danke, Serafina. Ihr könnt schon mal zum Zähneputzen gehen."

„Wird gemacht, Sir."

Ich salutiere dazu. Das bringt meine Mutter zum Lachen. Ich mag es wenn sie lacht.

„Liv, wo steckst du? Wir sollen Zähne putzen."

„Aaaah!"

Ich stürze zu ihr ins Zelt.

„Alles o.k.? Was ist passiert?"

„Da ist eine Spinne! Aaaah und sie krabbelt genau auf meinem Zahnbürstenbeutel herum!"

„Oh mein Gott wie schlimm", murmel ich ironisch.

Ich suche nach einem Tempo und einem Glas. In einem der vielen Kisten werde ich fündig. Den Becher stülpe ich über die Spinne und das Tempo schiebe ich unter den Becher, sodass das Insekt gefangen ist. Liv ist inzwischen schon kreischend aus dem Zelt gerannt.

„Arme Spinne. Hat dich eine Hexe hier vergessen?"

Ich lasse sie vor einem Busch frei weil ich finde, dass jeder es verdient hat, zu leben und nicht bloß wir Menschen. Nachdem ich ihr noch einmal hinterher gewunken habe, schnappe ich mir Livs und mein schwarzes Retikül (das ist so ein „Beuteldingsbums" mit überflüssigem Mädchenkram, das ist die Beschreibung meines Klassenkameraden) und eile hinter meiner Schwester her.

Nachdem ich mich in mein Schlafoutfit umgezogen habe, schlüpfe ich in meinen orangenen Schlafsack mit dem großen Feuervogel drauf. Neben mir schläft Mama und neben ihr Liv. Eine Weile starre ich an die Decke. Von nebenan höre ich ein Feuer knistern, Leute reden und Besteck klirren. Irgendwo in der Ferne vernehme ich auch einen heulenden Wolf. Vielleicht sogar ein ganzes Rudel.

Am nächsten Morgen werde ich von einer Durchsage geweckt.

„Guten Morgen, liebe Campinggäste. Es ist 9:30 Uhr, höchste Zeit zum Aufstehen, denn heute ist wieder um 10 Uhr unser wöchentlicher Markt neben den Waschräumen. Wir sehen uns später. Das Wetter ist heute sonnig, bei 20-30 Grad. Optimal für eine Runde im See zu schwimmen. Im Nachbardorf..."

Hat die noch alle Tassen im Schrank? Die kann uns doch nicht so früh wecken. Normalerweise würde ich bis halb Elf schlafen. Ich drehe mich auf die andere Seite. Bitte was, Mum und Liv sind schon aufgestanden. Hoffentlich haben sie auch schon den Frühstückstisch gedeckt.

Als ich aus der „Tür“ rausschaue, steht dort wie prophezeit, ein gedeckter Tisch.

„Guten Morgen.“

„Morgen.“

„Darf ich den Kaffee machen?“, frage ich Mum.

„Aber klar doch.“

Also schnappe ich mir das Kaffeepulver und einen Löffel. Ich gebe drei volle Löffel in die Tasse, was ich so cool daran finde ist: wenn ich nun heißes Wasser, das wir auf dem Gasgrill erhitzt haben, in die Tasse gebe, wird das braune, traurige Smilie darauf gelb und fröhlich. Ich rieche noch einmal in das Kaffeepulver hinein, weil es so göttlich nach Schokolade riecht.

Nach dem Frühstück geht sich Mum duschen, während ich weiter an meinem guten Buch lese. Liv malt neben mir ein Mandala aus.

Um Punkt zehn Uhr stehen wir neben den Waschräumen.

„Hä, hier ist ja noch gar nichts aufgebaut.“

Kaum hat meine Schwester das ausgesprochen, kommen vier Wägen angefahren, so groß wie ein Eiswagen. Sie parken in einem Halbkreis.

„Oh Gott, wie süß!“

Ich deute auf einen mini mini Wagen, der anscheinend nicht hinterher kam. Er stellt sich noch in die Lücke im Kreis. Hinter den Klappen kommen ein Metzger, ein Kleiderladen, ein Obstladen, ein Käseladen und hinter der kleinen Klappe ein Schmuckladen zum Vorschein. Allmählich füllte sich der kleine

Platz mit Leuten. Die meisten stehen vor den Essens-Buden. Ab und zu kommen auch mal wieder welche zum Schmuckladen.

„Oh ist das niedlich“, quiekt Liv auch schon.

Sie zieht Mum am Ärmel in Richtung Kleider-Laden. Ich folge ihnen. Als erstes betrachte ich mir die Halstücher. Da sie nur zwei Euro jeweils kosten, entscheide ich mich für zwei. Ich lege sie mir über den Arm. Nun begutachte ich die „Schlabberhosen“, das sind so Art Jogginghosen. Aus den Augenwinkeln sehe ich, wie meine Schwester Mama mit Argumenten beschießt, ihr eine Tasche zu kaufen, auf die mit Glitzersteinen eine Eule gestickt ist.

„Bitte, bitte Mami,“, dabei schaut sie Mama mit ihrem Hundeblick an, „dann bist du die beste Mami der Welt. Ich mach auch alles was du sagst und bin immer nett zu dir.“

Ich lache sarkastisch auf, denn dasselbe hat sie schon gesagt, als sie sich zum Geburtstag eine Barbiepuppe wünschte und zu Ostern etwas von Playmobil. Hat sie ihre Versprechen eingehalten? Natürlich nicht.

Ich widme mich erneut den Hosen. Schlussendlich finde ich die weiße mit dem blauen Leopardenmuster am schönsten. Ich gehe zu einem Mann, der mir nach Verkäufer aussieht. Als ich ihn von hinten antippe und frage:

„Sind sie der Verkäufer?“

„Mein Schätzchen, ich habe einen Job, der 100mal besser ist als der eines armseligen Verkäufers.“, antwortet er nur:

Mit gerümpfter Nase schreitet er zu einem mega-großen Wohnwagen. Eingebildeter Schnösel!

Nach langer Suche finde ich endlich den richtigen Verkäufer. Na ja, eigentlich finde ich nur seine Beine. Er ist hinter dem

Wagen und wühlt in einer Kiste, wobei er immer wieder Kleidungsstücke rauswirft.

„Wo ist dieses Kleid bloß hingekommen?"

„Hallo. Sind sie der Verkäufer?", erkundige ich mich ganz leise und vorsichtig damit er nicht erschrickt und ganz in den Karton fällt.

„Jawohl, das bin ich. Was kann ich für dich tun, junge Lady?"

Er klopft sich den Schmutz von der Hose.

„Ähm, ich würde gerne bezahlen."

„Da hast du dir aber schöne Sachen ausgesucht", leise rechnet er vor sich hin: „Zwei Euro plus zwei Euro plus fünf Euro", er wendet sich zu mir: „Sieben Euro bitte."

„Da haben Sie sich aber verrechnet. Das müsste doch eigentlich neun Euro kosten."

„Ich weiß, aber weil ich heute gut gelaunt bin, bekommst du es für sieben Euro."

„Danke schön", stammel ich und drücke ihm das Geld in die Hand.

Er steckt es in seine Hüfttasche, bevor er wieder in dem Karton verschwindet. Verdutzt über die Höflichkeit dieses Mannes drehe ich mich um. Es gibt eben doch noch nette Menschen auf dieser Welt.

Liv kommt mir freudestrahlend entgegen.

„Serafina, hast du den Verkäufer gesehen? Ich würde nämlich gerne was bezahlen. Von Mamas Geld. Willst du wissen was es ist?"

Ich kann nicht einmal antworten, da babbelt sie schon weiter.

„Ich bekomme die hier", sie schwingt mir die Eulen-Tasche vor der Nase herum.

„Ist die nicht schön?"

„Doch sie ist wunderschön. Der Verkäufer ist hinter dem Wagen."

„Danke!"

Fröhlich hüpft sie weiter.

„Oh Serafina, hast du auch etwas gefunden?"

Ich habe gar nicht bemerkt, dass Mum vor mir steht.

„Ja", stolz wie Oskar präsentiere ich ihr meine Beute.

„Wow, das ist ja cool", sie deutet auf die Schlabberhose.

„Find ich auch."

„Wo gibt es die denn?"

„Da vorn", ich deute an ihr vorbei auf die Kleiderstange.

„Danke. Und das ist für dich", völlig unerwartet drückt sie mir zehn Euro in die Hand.

„Was soll ich damit?"

„Das ist für dich, weil Liv von mir die Tasche für zehn Euro bekommen hat."

„Oh danke", ich umarme sie, bevor sie auch zu den Schlabberhosen läuft.

Als meine Schwester mit ihrem neuen Kauf zurückkommt und Mama eine orangene Jogginghose bezahlt, gehen wir als nächstes zu der Metzgerbude, wobei, das heißt, meine Mutter und ich gehen, meine Schwester stolziert eher wie eine Königin. Ihre Tasche hält sie so, dass die Sonne genau auf die Glitzersteinen fällt, damit sie auch ja jeder sieht. Ich ziehe sie am Ärmel in den Schatten des Wurstladens.

„Hey, was soll das?"

„Das gleiche könnte ich dich auch fragen", kontere ich.

„Was, ich laufe doch bloß zu dem Laden", sie zeigt mit ihren Fingern auf den vielen Schinken und die geräucherte Wurst.

Ich verdrehe genervt die Augen.

„Verhalte dich bitte einfach normal, damit wir nicht immer gleich auffallen und lauf′ nicht wie ein Model hoch fünf."

„Tu ich doch gar nicht", mit diesen Worten macht sie einen großen Schritt zurück in den Sonnenschein und positioniert sich.

„Schätzchen, kommst du mal bitte her."

Mama schaut ratlos auf das viele Fleisch. Moment, bitte was! Ich schaue kurz weg und dann erneut in den Tresen. Das kann doch nicht sein! Ich reibe mir die Augen. Da in dem Wurstkasten liegt kein gewöhnliches Fleisch sondern..., sondern Menschenfleisch! Ich kann genau Arme, Beine und Köpfe sehen. Hinter dem Fleisch stehen Schilder:

„Frisches Kinderfleisch von Becca Sorgenfrei"

„Neu rein gekommen: Fleisch von Desiderio Sorgenfrei"

Plötzlich vernehme ich ein gleichmäßiges Hacken, aber das ist kein gewöhnliches Hacken, sondern das Hacken eines Fleischmessers. Ich kenne dieses Geräusch nur zu gut, da mein Onkel selbst Metzger ist, jedoch ein normaler. Hinter der Theke entdecke ich den Metzger. Er hat den Rücken zu mir gedreht und hält ein Fleischmesser in der Hand, das im Schein der Sonne ebenfalls wie Silber glänzt und funkelt (wie Livs Handtasche). Als er sich für einen Moment leicht zur Seite dreht, kann ich einen schnellen Blick auf das erhaschen, was er da zerhackt. Mir wird grottenschlecht.

Dort liegt ein Kind ungefähr in meinem Alter. Es ist furchtbar zugerichtet worden. Seine Augen liegen neben seinem leblosen Körper. Seine Gedärme sind in einem Einmachglas hinter seinem Kopf. Der Rest, der noch von seiner Leiche übrig ist, ist mit lauter Ritzen und Blut bedeckt, als ob der Tod höchst persönlich vorbei geschaut hätte und eine riesige Wut auf dieses Kind hatte.

Das Letzte was ich sehe ist ein Schild. Die Schrift verschwimmt, so dass ich sie fast nicht entziffern kann. Ich rappele mich nochmals zusammen. Die Worte, die ich nun erkennen kann, prägen sich heiß in mein Gedächtnis ein, wie ein Tatoo:

„Nächste Ladung: Serafina Sorgenfrei“.

In diesem Moment zeigt mir der Metzger sein Gesicht. Es ist niemand anderes als Paul Devillie.

„Bringen Sie mir ein Glas Wasser schnell. Nein besser eine ganze Flasche.“

„Was ist passiert?“

„Keine Ahnung.“

„Oh mein Gott, Serafina.“

„Ist sie tot?“

„Nein sie atmet noch.“

„Nein, das darf nicht wahr sein.“

„Keine Angst, das passiert in letzter Zeit öfter.“

„Na und, es ist jedes Mal, wie als wäre es das erste Mal.“

„Ich hoffe sie hält das durch. Sie ist voll mit dem Hinterkopf aufgeprallt.“

„Ah, da sind sie ja endlich. Los geben sie mir die Flasche.“

„Und wer bezahlt mir die?“

„Haben Sie keine anderen Probleme, wie zum Beispiel Tische abzuräumen und Stühle aufzustuhlen?!“

Ich spüre, wie irgendein Volldepp mir schon wieder einen Schwall Wasser ins Gesicht kippt. Ich blinzele ein paar mal. Langsam schlage ich die Augen auf. Ups, das mit dem Depp nehme ich zurück. Es ist meine Mutter gewesen.

„Sag ich doch, dass das mit dem Wasser keine schlechte Idee ist“, meint meine Schwester.

„Serafina, Süße, geht es dir gut? Willst du was trinken?“

Ich murmele nur irgendetwas Unverständliches.

„Machen Sie Platz. Los lassen Sie uns durch.“

Ich sehe, wie zwei Männer in roten Jacken und weißen Hosen sich durch die Menschentraube drängeln, die sich um mich versammelt hat. Wie ich es hasse, aufzufallen und von allen bemitleidet zu werden. All die guten Zusprüche und Fragen, denken die wirklich, dass sie mir damit helfen können? Leute, die dumm starren, gibt es schon genug. Sie könnten auch mal helfen.

Mir ist es mega peinlich, dass ich es geschafft habe, in kürzester Zeit zweimal ohnmächtig zu werden und danach zu Sanitätern kam. Ich weiß jetzt schon, dass ich damit unser Wochenende verderbe. Liv tut mir so leid! Sie hat sich so auf´s Zelten gefreut und Mama liebt es ebenfalls, in der Nacht unter freiem Himmel zu schlafen. Und nun liege ich in einem Krankenwagen. Moment was, die haben extra für mich einen Krankenwagen auf den Campingplatz gefahren und mich ohne zu fragen auf eine Liege gelegt und dann in den Krankenwagen gesteckt? Die haben doch alle zusammen eine Schraube locker. Ich meine, ich bin doch bloß umgefallen, was ist daran bitte so dramatisch? Ein Kühlpack und eine Wärmedecke, wie in der Schule, hätten auch gereicht. O.k., letztes Mal hab´ ich am Kopf geblutet, aber mir geht es super. Um das den anderen zu beweisen, hebe ich meinen Arm. Autsch tut das weh!

Da fällt mir der Grund wieder ein, wieso ich bewusstlos geworden bin und ich lasse meinen Arm wieder sinken. Nicht, weil mich irgendwelche Typen umgefahren hatten, sondern weil ich die schlimmste Entdeckung meines Lebens gemacht habe. Also dieser Paul treibt mich echt noch in den Wahnsinn. Wahrscheinlich liege ich am Montag tatsächlich auf dem Platz dieses armen Jungen und entweder liegen neben mir Shona und Mahdi oder, so wie ich es hoffe, sie konnten fliehen und müssen nicht meinetwegen sterben.

Auf einmal spüre ich wie irgendetwas verdammt Spitzes sich durch meine Haut bis hin zu einer Blutader bohrt. Ich stöhne auf.

„Alles gut", sagt eine besänftigende Männerstimme.

Ich kann den Mann leider nicht sehen, weil er hinter meinem Kopf steht.

„Ist alles in Ordnung mit ihr? Geht es ihr gut? Muss sie ins Krankenhaus?", das ist die Stimme meiner Mutter.

Aber sie hört sich so gedämpft an. Um zu sehen wieso, drehe ich mich in die Richtung, von der ich die Stimme vernommen habe. Da steht doch tatsächlich meine Mum vor dem Autofenster und drückt sich die Nase an der Scheibe platt. Als sie bemerkt, dass ich mich zu ihr gedreht habe, winkt sie so heftig, dass ich das Gefühl habe, sie kugelt sich gleich ihren Arm aus und sie lächelt wie ein Honigkuchenpferd. Neben ihr hüpft Liv auf und ab, um auch etwas sehen zu können, auch sie winkt.

Ich wünschte, jetzt wäre das Filmteam von „Die peinlichste Familie der Welt" da und würde das sehen. Garantiert würde meine Familie den ersten Platz belegen.

Der Sanitäter geht zum Fenster und erklärt, dass es mir gut geht und ich „nur" einen geprellten Arm habe. Auch das noch. Bald sehe ich aus wie eine Mumie, mit meinen ganzen Verbänden. Er schaut mich noch einmal an, als überlege er, ob er mich in diesem Zustand wirklich zu dieser Familie entlassen könnte. Doch schließlich sagte er bloß:

„Du kannst jetzt gehen. Gute Besserung! Und mach noch ein bisschen langsam."

Kaum öffne ich die Autoklappe, stürmt mir Liv in die Arme.

„Au verdammt!"

„Oh Entschuldigung. Bin ich auf deinen Arm gekommen?"

„Ja."

„Serafina, ist alles in Ordnung? Geht es dir gut? Komm ruh´ dich erst einmal aus."

Ich lasse mich ohne mich zu wehren, zu meinem Schlafsack bringen. Auf dem Weg dorthin müssen wir jedoch über den Markt laufen. Ich blicke zu dem Metzger hinüber. Wie kann das sein? Dort liegt ganz normales Fleisch mit einem normalen Mann und auf der Ablage liegt ein Wildschwein. Kein Mensch.

Ich bin froh als ich auf meiner Isomatte liege. Mama deckt mich liebevoll zu.

„Schlaf gut und kurier´ dich ordentlich aus. Liv, wir beide spielen draußen was, damit wir Serafina nicht stören."

Sie verlässt das Zelt. Ich schlafe schnell ein. Diesmal ohne einen Traum.

Irgendwann wache ich von allein auf. Ich habe überhaupt keine Ahnung, wie viel Zeit vergangen ist. Eine Stunde, ein

Tag, eine Minute. Ein Blick auf die Uhr verrät mir: zwei Stunden. Ich lausche, um zu hören, was Mama und Liv tun. Seltsam, draußen ist es relativ still. Ich höre keine Karten, die auf den Tisch klatschen, kein Ball, der auf den Schläger springt und keine Schwester, die wegen irgendwas nörgelt. Ich schäle mich aus meinem Schlafnest und trete vor's Zelt. Auf dem Tisch klebt ein Post-It. Ich mache es ab und lese was darauf steht:

Wir sind zum Baden gegangen, komm einfach nach.

Das tue ich auch. Da ich mit meinen Verbänden sowieso nicht ins Wasser kann, nehme ich nur ein Handtuch zum darauf Sitzen mit. Von weitem hört man schon das Geplantsche der Kleinkinder, das Kreischen der Teenager, wenn sie ins Wasser gehen und das Gerede der Eltern. Aussehen tut das Ganze wie ein Ameisenstaat, überall bewegt sich etwas.

Ich versuche unter all den Menschen Mum und Liv zu entdecken. Ich kann nur sagen, das ist kein Zuckerschlecken! Ich lasse meinen Blick über die Menge schweifen. Er bleibt an einem großen Baum hängen (ich glaube, es ist eine Buche). Auf einem der vielen Äste sitzen zwei Kinder mit Blick auf den See. Der Junge hat einen Arm um das Mädchen gelegt und nun gibt er ihr sogar einen Kuss auf die Wange. Gott ist das süß! Ich schätze sie sind beide in Livs Alter. Als ich genauer hinschaue, bemerke ich: DAS SIND LIV & MARCELINO. Ich schmelze vor Neid nur so dahin. Natürlich gönn' ich ihn meiner Schwester, sie hat ihn auch verdient, aber ich wünschte, Mahdi würde so etwas jetzt auch bei mir machen.

Auf der Stelle lasse ich mich in den Sand plumpsen und richte meinen Blick auf das Wasser. Meinen Gedanken lasse ich freien Lauf.

Ich stelle mir vor, wie Mahdi jetzt neben mir sitzt und genau das Gleicht tut - seinen starken Arm um mich legen, um mich zu schützen, er gibt mir einen sanften Kuss auf die Wange und flüstert mir schöne Worte ins Ohr, wie zum Beispiel:

„Du bist das schönste Mädchen, das ich je gesehen habe."

Oder „Ich bin so froh, dass wir endlich zusammen sind."

Oder „Ich liebe dich über alles, sogar mehr, als mein Leben."

Hach, ich würde dann meinen Kopf auf seine Schulter legen. Danach male ich mir die schönsten Heiratsanträge aus.

Mein erster Vorschlag: In einer Pferdekutsche mit einem weißen Schimmel.

Zweite Idee: Auf Mallorca an einem weißen Strand mit Sicht auf's türkisfarbene Meer.

Dritter Einfall: Bei einem Spaziergang auf einer Blumenwiese.

Oder vierte Variante: Wir tauchen mit Meerjungfrauenflossen, er hat natürlich eine Meermännerflosse im Meer und schwimmen mit Delfinen um die Wette, dann hält sich jeder an der Rückenflosse eines Meeressäugers fest. Sie ziehen uns zu einer magischen Grotte an der Wasseroberfläche und dort fragt er mich dann, ob ich für immer mit ihm gehen will (das ist mein Favorit).

Hach, das ist alles so romantisch.

Auf einmal prallt irgendwas Leichtes an meinen Brustkorb.

„Hey", ich schrecke auf.

Vor mir steht Mum in ihrem bunten Bikini und hält einen Wasserball in der Hand.

„Ist alles in Butter?“, sie zeigt besorgt auf meinen Arm.

„Ja mit dem ist alles gut.“

„Sag mal, hast du Liv irgendwo gesehen? Ich habe auch schon Monika gefragt ob sie bei ihnen ist, doch die suchen Marcelino.“

Einen kurzen Augenblick überlege ich, ob ich ihnen verraten soll, dass sie dort oben auf der Buche sitzen, doch dann entscheide ich mich dagegen, weil ich selbst auch nicht wollte, dass man mich stört. Also sage ich:

„Nein, tut mir leid, ich habe sie nicht gesehen.“

„Ich mache mir echt Sorgen. Nicht dass sie vielleicht ertrunken sind oder sich auf dem Campingplatz verirrt haben.“

„Beruhig´ dich, sie sind doch keine kleinen Babys mehr. Ihnen wird schon nichts passiert sein.“

Zerstreut dreht sie sich um und läuft in Richtung See. Noch einmal blicke ich zu den Turteltäubchen, bevor mir ein schrecklicher Gedanke in den Kopf schießt: Übermorgen ist das „Gespräch“ mit Paul Devillie und ich habe noch keinen einzigen Gedanken daran verschwendet, was ich denn um alles in der Welt sagen soll. Da ich mir sicher bin, dass Mama die nächste halbe Stunde damit beschäftigt sein wird, meine Schwester zu suchen und Liv die folgenden 30 Minuten auf dem Baum verbringt, schleiche ich mich unbemerkt über den Zeltplatz zu den Baderäumen, denn dort gibt es einen großen Spiegel.

Ich positioniere mich davor. Gott sei Dank ist sonst niemand außer mir hier. Ich räuspere mich und blicke meinem Spiegelbild fest in die Augen (das Spiegelbild soll Paul darstellen).

„Ähm ... also ... ich bin gekommen, weil ich mit Ihnen reden will", nein das klingt dumm.

„Hallo, ich bin die, die Sie als nächstes Opfer ausgewählt haben, doch das können Sie mit mir vergessen und mit meinen Nachfolgern auch."

Nein, das hört sich an, wie als wüsste ich schon von allem und würde mich ihm einfach vor die Füße werfen. Wie wäre es mit:

„Sie kennen mich wahrscheinlich schon. Bitte erschießen sie mich nicht gleich, sondern hören Sie sich bitte an, was ich Ihnen zu sagen habe. Danach können Sie mich immer noch abmurksen. Meine Freunde lassen Sie aber gefälligst am Leben. Also..."

Dummerweise kommt jemand in den Baderaum. Ich tue so, als würde ich meine Hände waschen und beschließe es einfach auf mich zukommen zu lassen, denn wenn der liebe Gott will, dass ich sterbe, dann lässt er mich sterben und wenn er meint, mein Leben hat noch einen Sinn, dann ist er bestimmt so freundlich und lässt mich am Leben.

Ich laufe zurück zum Strand. Wie vermutet, sitzen Liv und Marcelino noch auf dem Baum. Doch wo ist Mama? In dem Moment knackt es in dem Lautsprecher unten am Wasser, der neben dem Strandwärter steht. Darauf folgt eine panische Frauenstimme. Sie gehört Monika.

„Ich suche Marcelino und Liv. Sie waren einfach fort! Sie sind 10 Jahre alt und ungefähr 1,30 Meter groß. Wer sie sieht, schickt sie bitte sofort zum Empfang. Dort warten wir."

Erneutes Knacken.

Dann Stille.

Ein paar Leute tuscheln, scheren sich sonst aber nicht weiter darum.

Ich blicke zu den beiden Ausreißern. Die beiden tauschen einen genervten Blick aus und ich sehe, wie sich ihre Münder bewegen. Leider kann ich sie wegen dem Lärmpegel nicht verstehen. Der Junge nickt in Richtung Empfang. Darauf klettern beide vom Baum und laufen zu ihren Eltern. Heimlich folge ich ihnen und tauche hinter einem Baum unter, um zu hören, was Mum und Monika dazu sagen.
„Da seid ihr ja."
„Wo wart ihr denn, wir haben euch überall gesucht."
„Das macht ihr nicht mehr, hört ihr!"
„Dafür bekommt ihr den restlichen Tag Zeltarrest", das war natürlich Monikas Idee.

Irgendwie bekomme ich Mitleid mit den Beiden und komme hinter meinem Versteck hervor.

Meine innere Rebellin meldet sich zu Wort:

„Das könnt ihr ihnen nicht antun! Sie sind doch keine kleinen Babys mehr und sie brauchen auch ihre Privatsphäre. Wie habt ihr euch in ihrem Alter gefühlt? Habt ihr euch nie versteckt, damit euch keiner sieht und ihr in aller Ruhe Streiche aushecken könnt (in Wirklichkeit weiß ich ja, was sie in ihrem Versteck gemacht haben)?"

Erwartungsvoll blicke ich sie an. Gleichzeitig spüre ich die verwunderten Blicke der beiden Ausreißer auf mich niederprasseln. Liv hält Marcelinos Hand fest umklammert.

„Serafina, mäßige deinen Ton", schimpft meine Mum.

„Ja was, ist doch wahr."

„Und außerdem ist das etwas ganz anderes. Wir haben uns Sorgen gemacht."

„Ach ja, haben eure Eltern sich damals keine Sorgen gemacht?", ich merke wie mein Ton schon wieder wütender wird und ich rot anlaufe.

Mein Verband um den Kopf ist viel zu eng und ich fühle das Blut gegen meine Schläfen pochen.

Nun meldet sich auch mal Liv zu Wort, auch wenn ihr Beitrag ein bisschen zu spät kommt. Egal, Hauptsache ich bekomme Unterstützung, ich mach´ das ja schließlich nicht für mich.

„Ja genau, wir sind keine kleinen Kinder mehr und haben ein Recht auf Freiheit, stimmt`s?", sie schaut Marcelino an und stößt ihn leicht in die Seite, so nach dem Motto, dass er nun auch etwas beipflichten kann.

Das Einzige was er herausbringt ist:

„Sehe ich genauso."

Naja, immerhin etwas. Mama murmelt irgendwas von:

„Die Kinder von heute."

Und Monika sagt:

„Komm´ wir gehen einen Kaffee trinken", was sie auch schnell in die Tat umsetzen.

„Danke Sera, du bist die Beste", Liv umarmt mich glücklich.

Ihr Brieffreund bedankt sich ebenfalls.

„Keine Ursache, ich weiß ja wie das ist."

„Wie was ist?“, platzt mir Liv ins Wort.

Ich zwinkere ihr nur vielsagend zu, bevor ich meinen Geldbeutel aus dem überhitzten Zelt hole und nochmals zum Markt gehe. Mir ist nämlich eingefallen, dass meine Oma mich das letzte Mal, als ich sie gesehen habe, gebeten hat, ihr eine Schlabberhose mitzubringen, weil ihr ihre zu klein ist und da es hier gerade welche gibt, erfülle ich ihr ihren Wunsch.

Ich wühle ein bisschen in den Hosen herum, bis ich die perfekte für meine Großmutter gefunden habe: eine rot-weiß getigerte.

Diesmal steckt der Verkäufer nicht Hals über Kopf in einer Kiste, sondern steht, wie es sich normalerweise gehört, hinter einem Tresen.

„Warst du nicht heute Morgen schon mal hier?“

„Doch, aber da habe ich noch etwas vergessen.“

„Ah verstehe. Das wären dann 5 Euro bei dir.“

Ich gebe ihm das geforderte Geld.

„Geht das so oder brauchst du eine Tüte?“

„Das geht so, aber danke. Ihnen noch einen schönen Abend.“

„Danke schön dir auch“, dabei zieht er seinen Hut.

So was aber auch, das hab ich ja noch nie gesehen. Ich dachte, das hätte nur die Generation von Opa gemacht. Anscheinend lebt dieser Herr immer noch nach den alten Sitten, das ist ja nett. Ich lege mir die Jogginghose über die Schulter.

Der Abend bricht langsam an. Die Sonne lässt ihre letzten warmen Strahlen auf dem Wasser tanzen. Um sie herum schweben lauter rosa-, orange- und lilafarbene Wolken herum. Aus dem Nachbardorf schlägt die Kirchenuhr siebenmal. Hoffentlich haben Mama und Liv noch nicht mit dem Abendessen begonnen. In der Luft liegt ein Geruch von Fleisch und Grillfeuer.

Bei uns auf dem Tisch steht ein Topf mit Spaghetti und auf dem Gasherd brutzelt noch eine Tomatensoße vor sich hin. Ich höre wie Mum und Liv in ein Gespräch vertieft sind und mich noch gar nicht bemerkt haben. Also verschwinde ich noch einmal schnell hinter dem Zelt und lausche, was sie sich zu berichten haben.

„Liv, es tut mir leid wegen vorhin. Ich habe mir nur solche Sorgen gemacht. Weiß Gott, was euch hätte passieren können."

„Aber Mum, ich wollte doch nur ein bisschen Freiraum und wir waren zu zweit. Was hätte uns denn schon so Großartiges passieren können?"

„Na ihr hättet euch verlaufen können."

„Auf so einem pimpfi Zeltplatz?"

Zur Bekräftigung ihrer Worte zeigt sie verächtlich auf die Umgebung.

„Ich bitte dich! Stufst du uns etwa echt als zwei Kindergartenkinder mit null Orientierungssinn ein?"

„Nein, bitte werd nicht gleich wieder sauer. Eigentlich wollte ich dir auch nur sagen, dass das mit dem Zeltarrest nicht meine Idee war und das ich mit dir wieder gut sein möchte."

Typisch, Mama packt bei solchen Sachen immer sofort das schlechte Gewissen, aber genau das ist eine der Sachen, die ich so sehr an ihr mag. Sie reicht Liv ihre Hand über den Tisch. Meine Schwester beäugt diese missbilligend, als ob sie Angst hätte, dass darauf jeden Augenblick eine Spinne krabbelt und ihr in den Finger beißen könnte. Doch dann gibt sie ihr ihre

Hand, nachdem Mama ihr nochmals aufmunternd zugelächelt hat.

Nun geht Livs Genörgel schon weiter:
„Ich habe solchen Hunger, wo bleibt Serafina bloß so lange?"
Sie überlegt kurz, dann fügt sie mit einem Funkeln in den Augen hinzu:
„Vielleicht hat sie ja unterwegs einen gut aussehenden Typ getroffen, der sie zum Abendessen in die Wirtschaft ausgeführt hat."

Dieses kleine Miststück! Da helfe ich ihr heute Nachmittag aus der Patsche damit sie mit ihrem Typen Zeit verbringen kann und nun muss ich mir so was anhören. Ich muss mich echt zusammenreißen, um nicht aus meinem Versteck zu springen und ihr mal gehörig die Meinung zu geigen. Ich möchte jedoch hören, was Mama dazu sagt.
„Ach Quatsch, vielleicht hat sie einen Jungen getroffen, aber ausgehen, nein das kann ich mir beim besten Willen nicht vorstellen", soll das jetzt was Nettes oder was Gemeines sein?

Während ich noch so grübel was sie gemeint hat, geht meine Mutter zum Gasherd und blickt mich mit großen Augen an.
„Serafina, da bist du ja endlich. Wo warst du denn die ganze Zeit? Und was machst du hinter unserem Zelt?"
„Äh ... Her ... Hering war locker", bringe ich mühsam hervor.
„Ich wollte ihn in die Erde stecken."
Ich zeige zu dem Hering, der bombensicher im Gras steckt.
„Stehst du da etwa schon länger?", fragt Liv skeptisch, die meiner Lügengeschichte anscheinend nicht so glaubt wie Mama.

Sie stellt nämlich seelenruhig den Topf auf den Tisch und schöpft uns allen.
„Würdest du dich bitte auch hinsetzten?"
Ich gehorche und lasse mich auf dem Campingstuhl nieder. Ich kann es mir nicht verkneifen, meiner Schwester hinter Mums Rücken einen bösen Blick zuzuwerfen.

Am nächsten Morgen geht es ziemlich hektisch zu: Mama, Liv und ich räumen das Zelt leer und verstauen alles wieder im Auto. Danach bauen nur noch Mum und ich unsere Schlafunterkunft ab (was wesentlich besser läuft als das Aufbauen) und Liv rennt, wie von der Tarantel gestochen, überall herum und sucht Marcelino.

Später, als wir alles gepackt haben, kommen nochmals unsere Urlaubsfreunde, um sich von uns zu verabschieden.
„Wo ist Liv?", erkundigt sich ihr Brieffreund.
„Die sucht dich überall", gebe ich ihm Auskunft.

Darauf steigt er ebenfalls in das Gesuche mit ein. Der Unterschied ist nur, dass er nicht ganz so hysterisch durch die Gegend rennt wie Liv.

Mama vereinbart mit unseren Urlaubsfreunden, dass wir uns am 19. Dezember zum Kaffeetrinken bei uns treffen. Da mich das nicht sonderlich interessiert, verabschiede ich mich schnell von Klaus und Monika. Außerdem bestelle ich ihnen einen schönen Gruß an ihren Sohn, der immer noch nicht zurück ist.

Ich setzte mich ins Auto. Jetzt erst mal das Radio einschalten. Es ist kaum vorstellbar, dass ich es einen ganzen Tag überlebt habe, ohne auch nur ein einziges Lied zu hören. Das hole ich jetzt aber nach. Ich drehe den Laut-, Leiseknopf bis zum Anschlag hoch und brülle lauthals die Songs mit (sofern ich sie kann). Ansonsten schreie ich einfach irgendwelche Wörter, die sich ungefähr so anhören, wie das Original.

Als ich mich umschaue, um zu sehen, wo der Rest meiner kleinen Familie bleibt, entdecke ich meine Schwester und Marcelino hinter zwei Zelten. Sie sind in eine lange Umarmung vertieft. Sie denken wohl, dass sie dahinten keiner bemerkt. Tja, meinen Adleraugen entgeht nichts. Ist das in Livs Gesicht etwa eine Träne? Oh Gott, die Arme! Das ist ja wirklich herzzerreißend. Ich mache die Musik aus, um diese „dramatische Liebesszene" besser betrachten zu können.

„Liv, wo steckst du jetzt schon wieder?", man Mama muss wirklich immer in den unpassendsten Momenten stören.

Marcelino gibt Liv noch einen Kuss auf die Backe und sie ihm, bevor sie zurück zu ihren Eltern gehen, um nicht erneut einen Anpfiff zu kassieren. Zum Abschied winken sie sich noch einmal alle mit Bedauern im Blick zu. Nun geht jeder wieder seinen Weg. Schnell schalte ich das Radio ein, damit es so wirkt, als hätte ich von alledem nichts mitgekriegt.

„Das war doch wirklich ein schönes Wochenende", seufzt Mama zufrieden, lässt sich in den Sitz fallen und macht es sich in dem Fell bequem, das ihren Sitz wärmt.

Meine Schwester lässt sich schweigend auf ihrem Sitz nieder.

Auf der Autofahrt verhalten wir uns alle sehr ruhig. Man hat das Gefühl, als wäre sich jeder zu gut, um auch nur ein Wort zu sagen, vielleicht könnte man dadurch seinen pinken Waschlappen im Mund kaputt machen. Das Radio spielt unbekümmert ein Lied nach dem anderen. Mir soll's recht sein. Nun kann ich wenigstens die ganzen Liebesszenen, die ich beim Campen beobachtet habe, in meinem Kopfkino noch mal von vorne abspielen und zwar ohne dass mich jemand stört.

Bei Hauptmenü drücke ich auf „Extra" und klicke auf den Vorschlag: Marcelino durch Mahdi ersetzten und Liv durch mich . Man könnte auch das Mädchen durch Shona und den Jungen durch Felix oder durch Papa und das Mädchen durch Mama tauschen,... aber das interessiert mich ja alles nicht. Nun gehe ich wieder zurück auf Menü und drücke auf Start. Im gleichen Moment auch sofort auf Pause. Ich habe ja noch gar kein Popcorn. Leider sehen Mum und Liv nicht gerade so aus, als hätten sie irgendeine Süßspeise, geschweige denn Popcorn dabei. Und ich glaube auch nicht, dass Mama deswegen zur Tankstelle fährt und mir welches kauft. Also muss ich mich mit der Apfeltüte zufrieden geben, die ich neben der Gangschaltung finde. Auch gut, schmeckt fast genauso, nur saftiger und gesünder.

So nun kann es wirklich losgehen. Zu dumm nur, dass man bei „Extras" nicht auch die Vorschau aussuchen kann, denn nun erscheinen Sonja und Paul als Hochzeitspaar auf der Leinwand. Na super!

Es zeigt eine Hochzeit, zu der alle Bösewichte und Schurken eingeladen sind. Als Sklaven, die das Essen machen und jeden bedienen, sind Papa, Liv, die anderen Opfer von Paul und ich angestellt. Gott sei Dank ist sie schon wieder vorbei.

Als nächstes kommt meine Schwester auf dem Laufsteg mit Sonnenbrille, Turnschuhen und Ledertasche. Sie trägt ein schickes, kurzes mit Pailletten bestícktes Kleid. Rund um den Steg blitzt es überall. 100 Mikrofone strecken sich ihr entgegen. Was, was soll das denn nun wieder bedeuten?

Aber es kommt noch besser: Nun ist da Joy zu sehen. MIT EINER AUGENKLAPPE UND EINEM PAPAGEIEN AUF DER SCHULTER!!! Das soll ja wohl ein schlechter Scherz sein. Er ist umgeben von einer Piratencrew zu der auch Tim gehört. Er steht ganz oben auf dem Mast im Krähennest.

„Hey, komm da sofort wieder runter oder ich mach dir lange Beine!", will ich ihm zurufen, aber da ich gar nicht auf dem Monitor zu sehen bin, kann ich leider auch nicht eingreifen.

Meine Güte, wann ist denn die Vorschau endlich zu Ende?! Ich halte das gleich nicht mehr aus. Hah, endlich beginnt das wirklich Interessante. Ich greife vor lauter Nervosität in die Tüte, weil, wie man weiß, Essen das beste Mittel gegen Aufregung ist. Nur leider sind meine „Apfelpopcorns" schon leer. Naja, der Film wird auch ohne weiterlaufen.

Just in time kommt nun ein Liebeslied „Ich will nur dass du weißt" aus dem Musikapparaten und der fast Oldtimer fährt auf einem hoppeligen Sträßchen, so dass er schön hin und her tuckelt. Zusammengefasst: Das perfekte Flair!

Nach einer viertel Stunde bin ich eingeschlafen.

Immer wieder im Montag-Stress

Es ist Montag.

Ich suche irgendeine Outfit, in dem ich selbstbewusst aussehe. O.k., mal überlegen. Mein Blick gleitet über meine mega Auswahl. Die türkisene Käppi mit dem pink-, weißfarbenen Edelstein drauf sticht mir sofort ins Auge. Gut, jetzt brauche ich nur noch ein passendes Oberteil und ein passendes Unterteil. Das wird vertreten von einer hellbraunen, weiten Jeans mit einem petrolfarbenen Gürtel. Oben ziehe ich mein kurzes, blaues T-Shirt an. Das Besondere daran ist: es ist außen nicht bedruckt, hat aber auf der Innenseite einen Spruch, der in ein Herz geschrieben ist. Der Spruch lautet:

Ich glaube an die Sonne auch wenn sie nicht scheint (so wie heute).

Das T-Shirt hat mir mal mein Dad zum Geburtstag geschenkt. Es ist von der Firma Blumenlimonade. Was ich gut daran finde ist, dass es bio hergestellt wird und sehr bequem ist. Außerdem liefert es mir total viel Motivation, was ich ja heute gut gebrauchen kann.

Mein Handgelenk ziert ein meerblaues, feines Armkettchen und an meinem Ringfinger sitzt ein Emotionsring, der ändert die Farbe, je nachdem, wie man sich gerade fühlt.

Zuguterletzt mache ich mir vor dem Spiegel noch eine Frisur. Mmh, soll ich einen Dutt machen oder einen Pferdeschwanz?

Vielleicht doch lieber offen? Ich wurschtele meine Haare hoch, zur Seite, zusammen, auseinander,... und entscheide mich am Ende doch für einen Halfbun, den habe ich in einer „Girl-Zeitschrift" gefunden. Die Anleitung lautet:

Man nimmt einfach das Stirnhaar nach hinten, eindrehen und mit einem Zopfband fixieren. Besonders süß: Das offene Unterhaar zu leichten Wellen stylen (das mache ich jetzt aber nicht, wegen meinem Zeitdruck). Das einzige, was ich nur anders mache ist: Ich schiebe mir eine verdammt spitzte Haarnadel in den Dutt. Sie ist so zu sagen ein „getarnter Dolch". Den habe ich von meiner Tante bekommen, als sie in der Türkei war. Da hatte sie auch so ein Ding, falls sie angegriffen werden sollte (wurde sie aber nicht). Nun hat sie sie mir geschenkt, falls irgendein Typ kommen sollte und mich mitnehmen will. In meinem Fall Paul. Naja, sicher ist sicher.

Ich winkle meine Arme im 90 Grad Winkel an, schmeiße meinen Kopf in den Nacken und strecke meine Brust raus. Dazu ziehe ich noch eine grimmige Grimasse und blicke in den Spiegel. Ich schaue aus wie eine kampflustige Kriegerin.

Passend zu dem schlimmsten Tag meines Lebens regnet es draußen in Strömen. Anscheinend haben sie im Himmel den Klempner noch nicht gefunden. Die Nebel-Ballerinas tanzen ganz dicht nebeneinander auf den Straßen. Hoffentlich bleiben sie auch so dicht, wenn ich bei Paul bin, damit ich mich im Notfall zwischen ihnen verstecken kann.

„Serafina, wenn du den Bus noch erwischen willst, musst du einen Zahn zulegen. Und sag´ jetzt bloß nicht, du hast noch nicht mal Zähne geputzt. Hast du Blea überhaupt schon gemacht?", proletet Mum aus der Küche.

Am Morgen ist sie meistens sehr gestresst.

Unbemerkt schleiche ich ins Bad und mache eine schnelle „Katzenwäsche". Anschließend gebe ich meinem Hamster etwas Neues zum Sabbern.
„Aha!", meine Mutter steht triumphierend im Türrahmen.
Sie legt ihren „Hab-ich's-doch-gewusst-Blick"auf.
Ich werfe Blea schnell eine Kusshand zu.
„Hast du deine Busfahrkarte?"
Ich mache den Reißverschluss meines Schulranzens auf. Verdammt, wo ist mein Geldbeutel mit der Karte hingekommen? Nur gut, dass mein Haustürschlüssel für den Fahrradkeller (anstatt des Buses) an seinem Platz ist: Am Schlüsselbrett neben der Tür.
Ja gibt's denn das, ist ja klar, dass er da ausgerechnet heute nicht hängt.
Shona würde jetzt wieder sagen:
„Augen zu, Musik an und Tanzen."
Das macht sie immer so, wenn gerade alles so ist, wie es eigentlich nicht sein sollte. Nur leider habe ich dafür jetzt keine Zeit.
Hektisch krame ich in allen Taschen, die ich besitze. In meiner Sporttasche finde ich endlich den gesuchten Hausschlüssel.
„Serafina, where are you?", ruft meine Schwester aus dem Gang.
„Kannst du kein Deutsch?!"

Da Liv seit vorletzter Woche eine Englisch-AG besucht, meint sie, sie muss ihre neuen Kenntnisse daheim ausprobieren, wenn es gerade rein passt.

„No, sorry."

„Ok, I`m in my bedroom."

Prompt steht sie in der Tür.

„Was machst du da?"

„Ah, hast du deine Muttersprache doch nicht verlernt", ziehe ich sie auf.

„Hast du zufällig meinen Geldbeutel mit dem „Peace-Zeichen" vorne drauf irgendwo gesehen?", erkundige ich mich hoffnungsvoll und verschwinde in meiner pinken Umhängetasche.

„No."

Ich tauche wieder auf.

„So ein Scheiß! Was soll ich jetzt machen?"

„Woher soll ich das wissen? Bin ich Gott oder was?"

Ich laufe an ihr vorbei zu Mama in die Küche.

„Du Mum ich fahre heute mit dem Fahrrad", flöte ich mit meinem Unschuldsgesicht.

„Wieso das denn?"

„Äh ... weil man dadurch mehr Kalorien verbrennt und es gut für die Gesundheit ist."

Da meine Mutter noch nicht sehr überzeugt aussieht füge ich hinzu:

„Hat mein Bio-Lehrer gesagt. Und du siehst es ja selber."

Ich ziehe mein T-Shirt hoch (aber natürlich nicht zu weit) und zeige theatralisch bekümmert auf meine Fettpölsterchen, die es sich auf meiner eigentlich schicken Bikinifigur bequem gemacht haben. Mum tätschelt sie liebevoll. Sofort stecke ich mein Oberteil wieder in die Hose.

„Du hast doch eine super Figur“, fährt sie fort.
Ich verdrehe die Augen.
„Darf ich jetzt mit dem Fahrrad fahren oder nicht?“
„Na von mir aus.“

In meinem Bauch marschiert die Siegergruppe los. Huh, für den Moment habe ich eine Ausrede gefunden. Hoffentlich finde ich den Geldbeutel heute Mittag wieder. Jedoch kommt mir irgendwas an diesem Satz spanisch vor.

Nun fällt es mir wie Schuppen von den Augen: Ich bin heute Nachmittag ja gar nicht da. Oh Mann, das muss ich Mum jetzt noch innerhalb von fünf Minuten mit einer guten Ausrede klarmachen, sonst bin ich erledigt. Und ich wette, sie lässt mich nicht freiwillig zu einem Typen, der es auf mein Leben abgesehen hat.

Ich stelle mich also wie zuvor schon beim Campen vor meinen Spiegel, dann hab ich nämlich ein Gegenüber. Der Vorteil ist, dass mein imaginärer Partner mir nicht dazwischen reden kann.

„Ähm ... also ... allerliebste Mami ... könnte ich vielleicht unter Umständen ... also nur wenn es für dich in Ordnung ist ... besser gesagt, es muss in Ordnung sein ... dass ich nach der Schule ... also wenn dir das keine Umstände bereitet ... nach der Schule mit Shona und einem Kumpel in die Stadt gehen?“

Ohne Erlaubnis

„Nein!"

„Aber Mum, bi..."

„Nein, meine Antwort lautet nein."

„Du verstehst das nicht."

„Dann erklär es mir."

„Das geht nicht."

Ich kann ihr ja schlecht sagen, dass ich „freiwillig" zu meinem Mörder gehe.

„Ist dein Freund etwa ein Drogendealer und du triffst dich illegal mit ihm?"

Ohne eine Antwort abzuwarten beschießt sie mich mit weiteren falschen Vorurteilen:

„Oder willst du etwa einen Einbruch begehen?"

„Häh was, nein!"

Doch sie ist nicht mehr zu bremsen.

„Mein liebes Fräulein, das kannst du dir gleich abschminken, damit wirst du nämlich nicht durchkommen. Du hast für heute Hausarrest."

„Das kannst du nicht machen. Ich brauche nur noch diesen einen Nachmittag. Er ist so wichtig für mich."

„Nein, es ist zwar schön, wenn du viel mit deinen Freunden unternimmst, aber du bist in letzter Zeit fast nicht mehr zuhause und wenn du dann mal da bist, verkrümelst du dich in deinem Zimmer. Ich muss jeden Abend deine kleine Schwester trösten, weil du an diesem Tag schon wieder nicht mit ihr gespielt hast. Und das jetzt schon seit ungefähr, lass mich überlegen...", sie hebt ihr Kinn, „seit zwei Monaten so!"

„Das ist nicht wahr."

„Oh doch, sehr wohl. Sie hat jeden Tag ein rotes Kreuz in ihren Kalender eingetragen, an dem du nicht mit ihr Playmobil gespielt hast."

„Ich bitte dich! Playmobil! Ich bin 12! 12 Jahre! Und bald 13! Außerdem brauche ich meine Freizeit."

„Naja, jedenfalls wirst du heute Nachmittag keinen Fuß auf die Straße setzten, außer Liv und du spielt draußen und damit basta!"

Jetzt weiß sogar ich, dass es besser ist, nicht zu widersprechen, denn nun lässt Mamas Stimme keinen Widerspruch mehr zu.

Meine „Wut-Armee" stapft los. Sie rennt. Auf dem Schlachtfeld gibt es keine einzige Verteidigung. Sie sind wild und feurig, ungezügelt, frei. Ich mache es ihnen nach.

Ich stürme in den Flur, reise die Kommode auf, packe meinen Helm, schwinge meinen Schulranzen über die eine Schulter und meine Sportschuhe über die andere, presse meinen Schlüssel fest an die Brust und knalle die Haustür hinter mir zu. Ich renne die Treppe runter, stolpere und fange mich im letzten Moment. Gut, wenn sie mich nicht freiwillig gehen lässt, mache ich es eben ohne Erlaubnis. Bei der ganzen Hudelei brauche ich ein bisschen, bis ich den Schlüssel ins Fahrradkellerschloss gesteckt habe. Ich streife mir die Hausschuhe von den Füßen und stülpe mir die Sport-Schuhe über. Mein Gepäck befördere ich unsanft in meinen Korb.

Im Vorbeifahren schmeiße ich meine Hausschuhe in den Briefkasten. Ich trete in die Pedale. Gwendolyn wird schneller und schneller. Ich rase, besser gesagt, ich fliege. Man hat das

Gefühl, als ob man gleich abheben würde. Das würde ich am liebsten auch. Einfach weg von all den Problemen. Irgendwo hin, wo mich niemand findet.

Meine Haare wehen wie ein langer goldener Schleier hinter mir her.

Ausgerechnet heute, an dem wahrscheinlich schlimmsten Tag meines Lebens, muss ich mich natürlich mit Mum streiten. Was ist, wenn ich sie nie wieder sehe? Nie wieder! Sie sagt immer, wir sollen nicht im Streit auseinander gehen. Das sagt sie auch , wenn wir uns kurz vor dem „ins-Bett-gehen" zanken.

„Hey, Augen auf im Straßenverkehr!", schnauzt eine verärgerte Männerstimme.

Ich reiße den Lenker zur Seite. Keine Sekunde zu früh. Das Auto vor mir kommt mit quietschenden Reifen zum Stehen. Die Fensterscheibe ist heruntergelassen und ein hochroter Kopf lehnt sich raus. Mit seiner Glatze erinnert mich der Fahrer ein bisschen an Papa.

„En ... Entschuldigung", nuschel ich.

Der Mann verschwindet wieder in seinem roten Porsche. Ich will gar nicht wissen, wie viel das gekostet hätte, wenn ich in ihn rein gefahren wäre.

Meine Füße strampeln wieder los. Zwei Fahrradfahrer überholen mich.

„Hey, Dominic, wie viel Uhr ist es?"

Die beiden sind einen Kopf größer wie ich und gehen wahrscheinlich schon in die neunte Klasse.

„7.30 Uhr."

„Mist, hoffentlich kommen wir nicht zu spät zum Unterricht."
„Und wenn schon, die Sausebraus merkt das doch sowieso nicht. Wenn doch, gibt sie uns nur einen Vermerk, wie immer halt."

Die Jungs fahren grölend davon. Verflixt und zugenäht, wenn ich im Stress bin, vergesse ich immer die Uhrzeit.

Um 7:39 Uhr reise ich die Tür des Schulgebäudes auf. Ich rattere in den zweiten Stock hoch. Kaum bin ich oben, höre ich Absätze auf den Treppen hinter mir klackern und so klingen nur die High Heels unserer Englischlehrerin. Ich flitze über das Parkett. Die letzten fünf Meter schlittere ich.

Es gongt nun schon zum zweiten Mal.

Meine ganze Klasse sitzt ordentlich auf ihren Plätzen und quatscht nicht mal mehr mit dem Nebensitzer. Seltsam, sonst laufen eigentlich um diese Zeit noch alle kreuz und quer durch den Raum, brüllen sich die Seele aus dem Leib oder kloppen sich auf dem Boden.

Auf meinem Weg in die zweite Bankreihe werde ich von aufmerksamen Blicken verfolgt. Wie ich das hasse!
Shona ist zum Glück wie immer - naja fast.
„Hey wo warst du denn solange? Ich dachte schon du schwächelst an deinem wichtigen Tag", flüstert sie mir zu.
„Hatte heute Morgen Stress mit meiner Mutter", antworte ich knapp.
Nun mustert sie mich von oben bis unten.

„Was ist denn mit dir passiert? Du siehst ja vollkommen verändert aus", sie zupft an meiner Käppi.

„Na, du hast über Nacht aber auch einen neuen Kleiderstil bekommen", kontere ich.

Um den Kopf trägt sie ein Tuch, wie die Räuber es tragen, auf ihrer Nase hat sie eine braune Nerdbrille. Trotz des schlechten Wetters hat sie ein neongrünes, bauchfreies Oberteil an. Das hat sie wahrscheinlich ihren tollen Eltern zu verdanken, weil ihre Mum schon um 5 Uhr morgens das Haus verlässt und ihr Vater um diese Uhrzeit noch schläft. Deshalb hat sie niemanden, der an ihr herumnörgeln könnte. Aber die Kleidung steht ihr wirklich gut. Sie hat ja auch eine Traumfigur. An den Beinen trägt sie eine betont lässige Jogginghose mit tiefem Schritt. Sie schaut aus wie eine Piratenbraut.

„Tarnung", Shona zwinkert mit zu.

Sie ist wirklich die beste Freundin, die man sich vorstellen kann.

Auf einmal wird es noch stiller, wie zuvor. Man könnte fast meinen, sogar der Wind und die Vögel draußen halten die Luft an.

Frau Sinkon tritt über die Türschwelle.

„Was ist heute eigentlich los?", forsche ich bei Shona nach,

„Habt ihr etwa schon wieder etwas ausgeheckt? Sonst ist es doch nie so ruhig bei uns."

Ich kann mich nur zu gut an letztes Jahr erinnern, als Pascal und Thomas einen Regenwurm um die Türklinke von außen gewickelt haben und Frau Sinkon deshalb nicht reinkonnte, weil sie sich ekelte und der Hausmeister nicht aufzufinden war.

Bei uns fiel dann eine Stunde Englisch aus. Anfangs fanden wir es alle total lustig. Wir bemerkten nur leider zu spät, dass das ein glattes Eigentor gewesen ist, weil das die letzte Stunde vor der Klassenarbeit war. Unsere Klasse hatte einen Durchschnitt von 4,5. Unsere Englischlehrerin lachte so lange darüber, bis ihr die Tränen kamen und meinte nur, dass das allein unsere Schuld ist. Blöde Kuh.

„Wart's ab."

„Good morning everybody."

Wir stehen auf.

„Good morning, Mrs. Sinkon."

Ein Getuschel und Gemurmel erfüllt den Raum. Die „coole-Mädchen-Clique" kichert hinter vorgehaltener Hand. Ich zappel hin und her auf meinem Stuhl. Man hat das Gefühl, als ob man die Anspannung, die im Raum liegt, mit bloßen Händen greifen kann.

„Was habt ihr geplant?", versuche ich es meinem Nebensitzer beiläufig zu entlocken.

Doch der reagiert nicht. Blödmann! Anscheinend gehört er auch zu den Jungs, die der Meinung sind: „Mädchen sind voll uncool" (was hätte ich anderes erwarten können?). Also bleibt mir nichts anderes übrig als zu warten.

Unsere Lehrerin erklärt uns nun in allen Einzelheiten das „past pefect". Sie setzt sich hinter das Lehrerpult und lässt uns einige Aufgaben in unserem Workbook machen.

Der Finger von Sebastian, meinem Nebensitzer, schnellt in die Höhe.

„Frau Lehrerin, Frau Lehrerin, ich verstehe Aufgabe Nummer vier nicht."

„Seit wann meldet der sich bitte und drückt sich so geschwollen aus?", ich stupse Shona an.

Aber diese reagiert auch nicht. Ja bin ich denn unsichtbar? Mahdi würde mich bestimmt nicht ignorieren. Ich merke jedoch, dass meine Freundin eine Haarsträhne um den Finger wickelt und anscheinend wie auf Kohlen sitzt. Gespannt verfolgt sie jede Bewegung von unserem Pauker. Was soll daran bitte so spannend sein? Doch dann geschieht es: Frau Sinkon erhebt sich. Aber nicht alleine. An ihrem Hinterteil klebt der Stuhl. Meine Schulkollegen brechen in schallendes Gelächter aus. Die Anspannung ist wie weggeblasen.

„Hey, hilft mir mal jemand? Das ist nicht witzig!", sie läuft knallrot an.

Mit ihren Sommersprossen sieht sie deshalb aus wie eine Erdbeere.

„Was habt ihr denn da drauf geschmiert?", frage ich.

„Sekunden Kleber", gluckst Shona.

Unsere Englischlehrerin zieht an dem Stuhl, was nur geht. Als sie merkt, dass das nichts bringt, stößt sie ihn an den Schreibtisch, da der Stuhl nicht mehr der neueste und schon ein wenig instabil ist, fliegt die Lehne ab, was für noch mehr Gelächter sorgt.

„Oh verdammt, ihr kleinen Miststücke. Na wartet, wenn das der Rektor zu hören bekommt."

„Man flucht nicht im Unterricht", zieht Pascal sie auf.

„Bestellen Sie ihm einen schönen Gruß von mir."

Frau Sinkon ist nicht mehr zu bremsen. Mit schnellen Schritten läuft sie aus dem Zimmer. Tja, Pech gehabt. Ihre High Heels sind nämlich nicht für schnelles Laufen geeignet. Der linke Absatz ächzt bedächtig und fällt scheppernd auf den Fußboden. Nun humpelt sie weiter.

Kaum ist sie außer Sichtweite, reißt Thomas auch schon das Fenster auf. Unter unserem Fenster steht die mega Mülltonne der ganzen Schule. Dort entleeren alle Klassen ihre Mülleimer. Thomas hält mit spitzen Fingern sein Workbook aus der Öffnung. Die Angeber fangen an, ihn mit ironischen Warnungen zu schimpfen. Das hört sich dann so an:

„Oh nein, das schöne Buch."

„Du schmeißt gerade ganze fünf Euro aus dem Fenster."

„Wie kannst du nur?"

„Oh das tut mir aber leid für euch."

Thomas öffnet seine Finger. Nach zwei Sekunden hört man einen harten Aufprall im Container. Der Depp krümmt sich vor Lachen. Nun treten Pascal, Julius, Max und noch weitere aus der „Angeber-Gruppe" ans Fenster und tun es ihm gleich. Auch Sebastian rückt seinen Stuhl zurück, um sein Heft zu entsorgen. Mit Karacho wirft er es über den Fenstersims.

„Au, seit wann können Bücher fliegen? Wer war das?"

Das ist eindeutig die Stimme unseres Hausmeisters. Sebastian weicht erschrocken einen Schritt vom Fenster zurück.

„Wartet nur, jetzt könnt ihr was erleben."

Shona wendet ihr Gesicht vom Fenster ab und flüstert mir ins Ohr:

„Oh, oh, das riecht gewaltig nach Ärger."

Ich nicke benommen.

Den Jungs jedoch scheint das nichts auszumachen. Sie äffen die Stimme von Herr Scholle nach, so heißt unser Hausmeister. Ich kaue auf meiner Unterlippe herum und grübel', ob die Unschuldigen wohl auch Ärger bekommen werden.

Auf dem Korridor hört man erneut Absatzschuhe klackern, aufgebrachte Stimmen und schwere Arbeitsschuhe. Die Angeber flitzen zurück zu ihren Plätzen.
„Verdammt das Fenster", brüllt mein Nebensitzer.

Doch zu spät - die Tür wird aufgerissen. Ich tue so als würde ich konzentriert die Workbook-Aufgabe erledigen, aber an Konzentration ist im Moment nicht zu denken.

„Aha, wusste ich es doch."

Herr Scholle deutet mit einem „Mich-könnt-ihr-nicht-für-dumm-verkaufen-Blick" auf das Fenster. Neben ihm steht Frau Sinkon und unser Direktor, namens Umbrella. Alle drei laufen vor zur Tafel. Naja, also unsere Englischlehrerin humpelt eher, wegen des abgebrochenen Absatzes.

Ich hebe den Kopf und ... entdecke, dass die Hose von Frau Sinkon ein Loch am Po hat. Darunter schaut eine weiße Unterhose mit rosa Herzchen hervor. Das Loch hat sie bestimmt davon, als Herr Umbrella ihr den Stuhl abgerissen hat. Sonst ist ja keiner so stark in unserer Schule. Diesmal wagt es jedoch niemand zu lachen. Der Rektor positioniert sich mit den Händen in die Hüfte gestemmt hinter dem Pult.
„Was habt ihr zu eurer Verteidigung zu sagen?"
Betretenes Schweigen. Jeder rutscht tiefer in seinen Stuhl oder schaut konzentriert aus dem Fenster, damit er ja nicht dran genommen wird. Niemand traut sich, den Erwachsenen in die Augen zu schauen, geschweige denn etwas zu antworten.
„Gut, wenn ihr nichts dazu zu sagen habt, wird mir wohl nichts anderes übrigbleiben, als euch allen entweder zwei Sozi-

alstunden aufzubrummen oder zwei Stunden Nachsitzen am Freitag nach der Schule. Die einfachste Variante wäre aber natürlich, die Verantwortlichen melden sich und müssen nur eine Stunde am Freitag Nachmittag nachsitzen."

Bitte, bitte meldet euch, denke ich im Stillen. Und tatsächlich, sie melden sich: Sebastian, Pascal, Thomas und die anderen Angeber.

„Gut, sehr schön. Nun wisst ihr ja was ihr zu tun habt."

Er wendet sich an Frau Sinkon.

„Sie können nun mit dem Unterricht fortfahren. Viel Spaß! Herr Scholle, wir gehen."

Die beiden Herren marschieren aus dem Raum. Unsere Lehrerin schaut ihnen sehnsüchtig nach. Man hat das Gefühl, als wolle sie am liebsten mit ihnen nach draußen gehen, anstatt uns zu unterrichten. Ehrlich gesagt würde ich das auch wollen, wenn ich an ihrer Stelle wäre. Sie seufzt und fasst sich ein Herz.

„So, wir machen jetzt trotz des unerfreulichen Vorfalls weiter. Bearbeitet bitte die Aufgaben zu Ende. Der Rest ist Hausaufgabe. Ach, Herr Scholle hat mir übrigens erzählt, dass einige von euch auf unerfreuliche Weise kein Workbook mehr haben. Ihr besorgt euch selbstverständlich bis morgen ein neues oder ihr macht eine fette Strafarbeit."

„Wo bekommt man bitte innerhalb eines Tages so ein überbewertetes, blödes Workbook her?", mault Sebastian vor sich hin.

„Das hab ich gehört", weist Frau Sinkon ihn zurecht.

„Die dumme Nuss hört aber auch alles", schimpft er weiter, ohne seinen Ton zu mäßigen.

„Das auch!", nun murmelt er nur noch irgendetwas Unverständliches.

„Und dieses „überbewertete Workbook“ musst du halt suchen. Das schaffst du schon, da bin ich mir sicher.“

„Was, denken Sie ich habe den ganzen Tag nichts Besseres zu tun, als so ein Arbeitsheft zu suchen?“

„Tja, das ist dein Problem, hättest du es nicht weggeworfen, müsstest du kein neues suchen. Und bitte ändere deine Wortwahl. Ach, fast hätte ich es vergessen“, sie wendet sich an die Angeber, „Ihr bringt natürlich auch eine schriftliche Bestätigung eurer Eltern mit, auf der steht, dass sie über den Vorfall Bescheid wissen.“

Also wenn es darum geht, jemanden zu bestrafen, kennt sie keine Gnade. Sie ist dann so hart wie ein Stein (ein Stein mit High Heels).

In Erdkunde mache ich die restlichen Aufgaben im Workbook.

In der Doppelstunde Religion träume ich von Mahdi.

Die Pausen verbringe ich im Mädchenklo vor dem Spiegel und in der letzten Doppelstunde steigt dann allmählich die Panik-Armee über die Nieren-Berge zum Schlachtfeld im Magen. Mir ist schlecht. Ganz fest umklammere ich Shonas zitternde Hand und ich weiß, dass sie genauso angespannt ist, wie ich. Ich halte es einfach nicht mehr aus.

„Frau Wellensittich, ich muss mal auf's Klo.“

„Ja, geh nur.“

Dieses Mal achte ich gar nicht darauf, wie meine Klassenkameraden reagieren, sondern stürze durch die Türe auf der irgendwas mit WC steht.

Ich schließe die WC-Kabinentür hinter mir ab. Seltsam, hier riecht es ziemlich streng. Vielleicht hatte die vor mir Blähungen. Das Sodbrennen macht sich in meiner Mundhöhle breit. Das ist immer ein Zeichen dafür, dass es gleich losgeht. Ich beuge mich soweit über die Kloschüssel, wie es geht. Was nun zum Vorschein kommt, hat kein bisschen Ähnlichkeit mehr mit meinem leckeren Frühstück von heute Morgen. Von dem Gestank ganz zu schweigen. Im Stillen bete ich, dass jetzt bitte kein weiteres Mädchen hier hereinkommt. Ein neuer Schwall Essen kommt aus meinem Mund. So, ich glaube, das war's.

Ich höre, wie die Tür geöffnet wird und laut ins Schloss fällt. Ist ja nicht so, dass man sie auch am Griff packen könnte. Schnell drücke ich auf die Spültaste. Es rauscht so laut, wie die Niagarafälle und die „Toiletten-Wasser-Putz-Kolonne" nimmt mein Erbrochenes mit in die Unterwelt der Kanalisation. Vielleicht freuen sich die Ratten über mein verdautes Nutellabrot.

Ich schließe die Türe auf und ... erstarre. Da steht kein Mädchen, wie erwartet, nein da steht ein Junge vor einem Pinkelbecken, das ich vorhin anscheinend total übersehen habe. Mir kommt ein schrecklicher Verdacht: ICH HABE DIE FALSCHE TÜR ERWISCHT. Der Typ muss in meiner Parallelklasse sein. Er starrt mich erschrocken an und zieht schnell seinen Hosenladen zu. Das hat mir wirklich gerade noch gefehlt. Mir ist schon wieder übel.

„Ja willst du dich vielleicht mal ein bisschen beeilen und hier abdampfen. Du untalentiertes Kind", schnauzt er mich an.

Das ist ja eine Frechheit. Da ich aber keine Lust auf eine Auseinandersetzung habe, murmel ich:

„Äh ja, Entschuldigung."

Ich halte mir die Hand vor die Augen und starre auf den Boden. Ich husche so schnell wie ich gekommen bin auch wieder nach draußen. Jetzt ist mir auch klar, woher dieser miefige Geruch kam. Ich blicke mich um, ob auch ja keiner gesehen hat, dass ich in die falsche Tür gegangen bin. Glück gehabt, niemand da. Unsere Klassenzimmertür öffne ich ohne anzuklopfen, besser gesagt, ich komme gar nicht dazu, denn prompt rennt mir eine Menschenmenge mit Schulränzen auf dem Rücken entgegen (meine Klasse). Gleichzeitig ertönt die Schulglocke. Ich presse mich an die Wand, um nicht überrannt zu werden. Natürlich muss es sich der „kräftigste" Junge aus meiner Klasse auf meinen kleinen Zehen bequem machen.

„Hey, runter von meinem Zehn du Depp. Hast du keine Augen im Kopf?"

Der denkt jedoch gar nicht daran und bleibt unbekümmert darauf stehen.

„Hast du nicht gehört, was sie gesagt hat? Runter-von-ihrem-Zeh!"

Das Dickerchen schaut den Jungen dumm an, denn dieser ist einen Kopf größer wie er.

„Zieh Leine."

„Schon gut", er wirft mir noch einen verächtlichen Blick zu, dann läuft er weg.

„Mahdi, danke schön!"

Diesmal trau´ ich mich auch, ihn zur Begrüßung zu umarmen.

„Was war das denn eben für ein Kotzbrocken?"

„Das war Theo. Er ärgert mich ununterbrochen..."

„Mahdi, Serafina, ist alles in Ordnung? Du hast so lange auf dem Klo gebraucht."

Ich druckse ein bisschen herum, da Shonas Blick jedoch eine Antwort verlangt, gebe ich kleinlaut zu:

„O.k., mein Frühstück hatte Lust, nochmal das Tageslicht zu sehen."

„Häh?"

„Was soll das auf Deutsch heißen?"

„Ich musste mich übergeben."

Mahdi klappt die Kinnlade runter und er schaut mich ganz bestürzt an, als ob ich einen fetten Pickel auf der Nase hätte.

„Jetzt geht's mir aber wieder gut, also kein Grund zur Aufregung", besänftige ich ihn.

„Wieso hast du mich nicht geholt? Dann hätte ich dir die Stirn halten und deine Haare zurücktun können. Außerdem hättest du umkippen können. Manchen Leute wird es bei so etwas schlecht und dann findet man sie bewusstlos auf dem Boden und..."

„Shona, tu mir einen Gefallen und mach zwischendrin mal einen Punkt", unterbreche ich ihren Redeschwall.

Sie schnappt verächtlich nach Luft.

„Und ich wollte auch nicht, dass sich die ganze Klasse darüber lustig macht. Mir geht es zur Zeit sowieso nicht so gut, da brauch' ich nicht auch noch eine Gruppe Leute, die es witzig findet, mich runterzumachen."

„Entschuldigung, das habe ich voll vergessen."

„Wisst ihr was?", wechsel ich das Thema.

„Wir reden Paul jetzt erst mal in Grund und Boden und danach lade ich euch zu mir nach Hause auf einen heißen Kakao ein."

Ich ringe mir ein Lächeln ab. Eigentlich wollte ich noch hinzufügen:

„...das mach ich, wenn ich bis dahin noch am Leben bin", aber irgendetwas hält mich davon ab - es klingt einfach zu fatal.

Shona hakt sich bei unserem Freund und mir ein. Zu dritt laufen wir die Treppe runter und zu Shonas Schließfach.

„Wollt ihr eure Schulränzen auch rein tun?"

Ich wechsle einen kurzen Blick mit Mahdis wundervollen Augen. Sie „nicken".

„Ja, wir lassen sie auch hier. Dann müssen wir halt nachher nochmal kommen und sie holen."

„Oder wir lassen sie bis morgen hier. Hausaufgaben haben wir keine und wenn wir morgen nicht die richtigen Schulutensilien dabeihaben, wird das hoffentlich nicht so schlimm sein. Wir sagen einfach, dass wir unseren Stundenplan mit dem unseres kleinen Bruders verwechselt haben und jetzt die falschen Sachen dabei haben."

„Nummer 1: Ich habe keinen kleinen Bruder, zumindest keinen, der in Kempten wohn und das weiß sie, weil sie es beim Klassenfest gesehen hat. Nummer 2: Ist es dumm, wenn wir beide dieselbe Ausrede haben. Bei Mahdi ist es nicht so schlimm, weil er eine ganz andere Lehrerin hat", kritisiere ich Shonas Vorschlag.

„Dann lassen wir uns halt eben was Besseres einfallen."

„Könnt ihr das vielleicht wann anders besprechen? Ich weiß ja nicht ob ihr es vergessen habt, aber wir haben heute noch was Wichtigeres vor, als irgendwelche Ausreden auszutüfteln."

„Du hast Recht, wir sollten gehen."

Schnell stopfen wir die Taschen in das Fach und holen dafür drei Regenschirme raus, die Shona dort immer für den Notfall bunkert. Das Schulgebäude hat sich geleert. Die Hälfte ist wahrscheinlich nach Hause und die andere, das sind diejenigen, die nachher noch Mittagsschule haben, sind in der Stadt, um etwas Essbares zu suchen.

Wir verlassen das Gebäude und spannen die bunten Schirme auf. Es regnet immer noch und der Nebel hat sich auch noch nicht gelichtet, puh.

„Verdammtes Mistwetter. Bis wir ankommen, sind unsere Klamotten nur nasse Lappen, die an uns kleben", mault Shona.

Ich verkneife mir zu sagen:

„Schimpf' nicht so! Lass den armen Himmel doch weinen, wenn er traurig ist", aber dann denkt mein „zukünftiger Freund" wahrscheinlich, ich bin vollkommen bedeppert und das möchte ich wirklich nicht.

„Hey, motz' nicht so. Ich wette du heulst auch mal."

„Wie soll ich das jetzt wieder verstehen?"

Ich weiß genau was er meint und kläre meine Freundin auf:

„Na er meint, dass der Himmel traurig ist und deshalb weint oder besser gesagt die Engel."

Verwundert blickt sie von mir zu Mahdi und wieder zurück. Sie fängt an zu kichern.

„Hahahahaha ihr ... ihr glaubt ... doch nicht etwa ... an so einen ... Quatsch? Hahahaha!"

Sie krümmt sich vor Lachen. Wir wechseln einen gekränkten Blick. Jetzt habe ich mich so gefreut, dass er genauso denkt wie ich und nun muss ich mir so was von meiner besten Freundin anhören. Verärgert laufe ich weiter. Mahdi folgt mir.

„Was ist bloß mit ihr los? Ich versteh das nicht. Sie ist zurzeit irgendwie anders."

Dumme Frage eigentlich von mir. Woher soll Mahdi das denn wissen? Er kennt sie ja noch weniger, als ich.

„Vielleicht liegt es an diesem Typen", er fasst sich an die Stirn, „Wie heißt er gleich nochmal? Fe ... Ferdinand ... Fen ... Fel ..."

„Felix! Mensch du bist genial. Auf die Idee wäre ich nie gekommen. Das kann natürlich sein."

„Na siehst du. Sollen wir vielleicht noch was Essen gehen? Leberkäswecken oder lieber Asia Box?"

„Tut mir leid. Ich finde meinen Geldbeutel nicht mehr. Mir ist es ein Rätsel wo er hingekommen ist."

„Hey, weißt du was? Ich habe heute Morgen einen in der Sporthalle beim Sportunterricht gefunden. Er hat so ein Peace-Zeichen vorne drauf."

Ich stürze ihm überglücklich in die Arme. Das muss jetzt einfach mal sein. Ich bin selbst überrascht, wie mutig ich gerade bin.

„Danke, danke, danke", quieke ich.

Er kratzt sich verlegen am Kopf. Schnell nehme ich meine Arme wieder zu mir und spüre, wie mir die Röte ins Gesicht steigt.

„Ähm, ich kann ihn dir morgen mitbringen."

„Das wäre nett."

Zwischen uns breitet sich ein betretenes Schweigen aus, das natürlich von Shona unterbrochen werden muss.

„Habt ihr auch so Hunger?"

„Ja, wir haben überlegt vielleicht einen Leberkäswecken zu holen."

Meine ABF läuft begeistert voraus. Mahdi flüstert mir ins Ohr: „Und dich lad' ich ein."

Ich gucke ihn verdutzt an. Das hätte ich jetzt überhaupt nicht erwartet.

Eine viertel Stunde, nachdem wir uns ganz hinten in der Schlange angestellt hatten, die ellenlang war, schlendern wir mit unserem Essen über den Marktplatz. Mahdi sucht die ganze Zeit meine Nähe. Zum Beispiel läuft er so dicht neben mir, dass sich unsere Handrücken berühren.

Vor dem großen Brunnen haben es sich zwei Straßenkünstler bequem gemacht. Der eine sitzt im Schneidersitz auf dem Boden und hält eine Stange in der Hand. Der andere „schwebt" ebenfalls im Schneidersitz über ihm. Er hat seine Hand lässig auf das andere Ende der Stange gelegt. Eine kleine „Menschentraube" hat sich davor versammelt.

„Häh, wie soll denn das gehen?", rätselt Shona.

„Keine Ahnung", nuschelt unser Freund mit vollem Mund.

Sie beraten sich grübelnd mit den anderen ratlosen Leuten. Ich zerbreche mir währenddessen meinen Kopf über ganz andere Dinge, die zum Beispiel wären: Ob mich Paul, sobald er die Tür öffnet, abmurkst oder mich erst ausreden lässt. Wird er mich erhängen, erschießen, erstechen oder was weiß ich was. Vielleicht hält er mich auch als Geißel und verlangt Lösegeld von meinen Eltern, wobei das nicht wirklich zu ihm passen würde. Die anderen hat er ja auch umgebracht.

„Serafina, komm mal her", ruft Shona zu mir rüber.

Ich gehorche.

„Schau mal, hast du irgendeine sinnvolle Erklärung für das, außer dass übernatürliche Kräfte dahinter stecken?"

„Sehe ich so aus, als hätte ich Straßenkunststücke als Unterrichtsfach?", gebe ich zurück.

„Hey ich hab eine Idee", ruft ein Mann aus der Menge.

Prompt bin ich wieder unwichtig. So eine Unverfrorenheit.

Zehn Minuten später platzt mir der Geduldsfaden endgültig und ich kann nur sagen, der reist bei mir wirklich äußerst selten, aber irgendwann ist es einfach genug. Da hilft selbst die beste Yogaübung nichts mehr. Vor allem wissen sie, dass das heute der entscheidenste Tag meines Lebens sein wird. Und ja ich weiß, dass ich vorhin auch ein bisschen Zeit vor dem Spint verschwendet habe, aber das waren keine zehn Minuten.

„He, seid ihr endlich fertig mit philosophieren?!", schnauze ich sie an.

Ich packe sie an den Ärmeln, weil sie nicht reagieren und ziehe sie hinter mir her.

„Hey, bleib mal cool wir kommen ja schon. Außerdem können wir allein laufen", verteidigt sich meine Freundin.

Ich prüfe sie mit einem strengen Blick, dann lass ich ihre Arme los.

„Was ist denn auf einmal los mit dir?"

Ich starre Mahdi entgeistert an.

„He, guck nicht so als wären mir Kiemen gewachsen."

„Hallo?!", ich fuchtel beiden mit meiner Hand vor dem Gesicht herum, „Ich weiß nicht, ob ihr gerade einen Gedächtnisschwund habt oder es euch einfach egal ist, aber es geht um mein Leben oder meinen Tod und ich hab verdammt nochmal echt Angst."

Als Antwort kommt betretenes Schweigen. Ich bin aber noch nicht fertig mit meiner „Rede".

„Ich weiß, euch kann das eigentlich egal sein, es ist ja schließlich nicht euer Problem. Und wenn ihr lieber den Kunststücken dieser Leute in roten langen Bademänteln und übertrieben großer Kapuze zuschauen wollt, ist das o.k. für mich. Nur sagt es mir bitte jetzt, weil ich gehe nun, ob mit oder ohne euch ist mir egal."

„Bitte kommt mit, bitte kommt mit", flehe ich zum Himmel.

Ich bin sehr zufrieden mit meinem Monolog. Ich bemühe mich, ein ernstes Gesicht aufzusetzen und umklammere meinen Regenschirm noch fester.

Was würde ich nicht alles dafür geben Mama, Papa und Liv an meiner Seite zu haben. Nur leider sind sie jetzt nicht da und ich muss das trotzdem durchziehen. Ob ich sie wohl jemals wiedersehen werde? Ob ich miterleben darf, wie Liv ein Model wird? Ob ich jemals wieder mit ihr streiten kann? Ob ich jemals wieder mit Mama kochen kann? Ob ich jemals wieder irgendwas mit ihnen unternehmen kann? Ob ich jemals wieder Blea ausmisten darf?

Ich blicke betrübt auf die Kirchturmuhr.

14 Uhr, es wird höchste Zeit, sich auf die Socken zu machen.

Ich stapfe los, ohne zu wissen ob meine Freunde mich begleiten werden. Ich weiß auch nicht, was ich an ihrer Stelle machen würde.

„Seri, wärst du so nett und würdest auf uns warten?", ächzt meine Freundin hinter mir.

Ich drehe mich um. Beide stehen entschlossen da, ihre Regenschirme wie ein Schutzschild in den Händen. Ich kann mir ein Lächeln nicht verkneifen. Sie sehen aus wie zwei begossene Pudel mit großem Kampfgeist.

„Freunde?“

Shona streckt ihre Hand aus.

„Freunde.“

Ich lege meine darauf. Erwartungsvoll blicken wir den Jungen an.

„Freunde für immer und ewig.“

Er streckt ebenfalls seine Hand aus. Zusammen schmeißen wir die Arme in die Luft und rufen:

„Auf zu Paul Devillie!“

Es ist ein gutes und erleichterndes Gefühl, Freunde an seiner Seite zu haben. Denn ohne Freunde, die alles mitmachen, wäre das Leben furchtbar langweilig und lange nicht so lustig, wobei ich mir nicht sicher bin, ob man unsere Situation gerade als lustig bezeichnen kann.

Atemlos

„So, das müsste die Straße sein."

Ich werfe einen Blick auf das Straßenschild.

„Woher weißt du eigentlich wo er wohnt?", erkundigt sich Mahdi.

„Wir haben dieses Haus mit Papa besichtigt. Er wollte es kaufen und dann weiter vermieten. Damals wusste keiner von uns, nicht mal der Immobilienmakler, dass dieses Haus schon jemandem gehört, also Paul."

„Was, du warst schon mal in der Höhle des Löwen?", kreischt Shona entsetzt.

„Sei leise! Willst du, dass er uns hört und die Folterkammer schon mal vorbereitet? Zudem hab ich euch das doch erzählt", fauche ich zurück.

Erschrocken schlägt sich meine Freundin die Hand vor den Mund.

„Ähm, kurze Zwischenfrage: Als ihr die Wohnung besichtigt habt, war da jemand im Haus?", fragt Mahdi skeptisch.

„Nein, warum fragst du?"

„Woher willst du dann wissen, dass es Pauls Haus ist? Wo war er in der Zeit?"

Natürlich, das hab´ ich ganz vergessen. Ich habe ihnen zwar von dem Haus erzählt, aber das Zimmer mit dem Blut und den Kinderbildern habe ich irgendwie vergessen. Das hole ich schnell nach.

„Ja, aber das ist keine Antwort auf meine Frage."

„Auf meiner Recherche im Internet sind mir genau diese Bilder begegnet und ich glaube kaum, dass jemand diese Internetseite so stalkt, dass er sich die Bilder ausdruckt und sie aufhängt. Noch dazu waren auf der Internetseite, auf der ich recherchiert habe, alle weiteren Opfer aufgelistet und im Haus gab es genau die Namen mit Bildern und wenn es uns nicht gelingt ihn umzustimmen, werde ich auch bald dort hängen."

Ich blicke traurig zu Boden. Das wird mir irgendwie erst jetzt so richtig bewusst, als ich es laut ausspreche.

„Hey, Kopf hoch! Hier wird niemand umgebracht und du wirst garantiert nicht in seiner Sammlung erscheinen. Dafür werden wir sorgen."

Shona schüttelt mich an den Schultern. Ich beneide sie um ihren Mut, der bei mir wieder nachgelassen hat. Wenn ich mir doch bloß eine Scheibe davon abschneiden könnte.

„Sehe ich genauso."

Mahdi hakt sich ohne zu zögern bei mir ein. Meine Freundin tritt an meine andere Seite. Ich fühle mich gleich ein bisschen besser. Doch die Angst-Armee in meinem Bauch ist immer noch sehr stark. Zwar gibt es jetzt eine kleine Mut-Verteidigung, aber sie hat noch nicht die Kontrolle übernommen. Noch lange nicht.

„Schaut euch das an."

Mahdi zeigt nach vorne auf ein kleines Haus. Auch hier schweben die Nebelschwaden-Ballerinas dicht neben einander in einem Vorgarten, der verwüstet und ungepflegt ist. Es wirkt so, als hätte ihn in den letzten fünf Jahren niemand betreten. Die Fensterläden sind weit geöffnet und hängen aus den Angeln. Der Novemberwind scheint Fange mit den weißen, zerfetzten Vorhängen zu spielen. Der Briefkasten ist aufgebrochen und liegt vor dem rostigen Gartentor, das quietschend auf und zu schwingt. Eine Zeitung wird vom Wind die Straße entlang getrieben.

„Was da wohl für ein Grufti drin lebt oder ob dort überhaupt jemand wohnt?", Mahdi legt den Kopf schief.

Ich schlucke den dicken Kloß in meinem Hals runter.

„D ... da ... müssen w ... wir ... rein", stottere ich.

Der Wind trägt meine Worte weit in den Himmel. Beide schauen mich völlig entgeistert an.

Ein schriller Schrei zerteilt die Angstatmosphäre. Mein Herz setzt für einen Moment aus. Was war das? Vor mir rennt Shona kreischend hin und her.

„Hilfe, hilft mir denn niemand! Ein Geist hält mich gefangen und sitzt in meinem Gesicht."

„Shona, halt die Klappe, das ist nur der Vorhang", flucht Mahdi und zieht ihr den Schleier vom Gesicht.

Er wirft ihn in einen Busch.

Ein dunkler Schatten legt sich über das Gebäude. Schwarze Wolken machen den Tag zur Nacht. Schlimmer geht es nicht. Ich möchte mir gar nicht ausmalen, was passiert wäre, wenn Papa diese Wohnung gekauft hätte.

„Gemeinsam?"

Ich strecke meine Hände nach links und rechts.

„Freunde erkennt man in der Not", hallen mir die Worte meiner Oma durch den Kopf.

Bitte bleibt bei mir. Lasst mich nicht im Stich.

„Alle oder Keiner", ich spüre, wie Shonas Stimme zittert und ihre Handfläche meine berührt.

In meiner anderen spüre ich Mahdis erstaunlich ruhige Hand.

Mit dem Öffnen des Gartentores öffnen sich in meinem Gehirn 1000 Fragen. Wie ein Komet schießt plötzlich eine Erkenntnis durch meinen Kopf: Theoretisch könnte ich mich jetzt auch total blamieren, denn eigentlich hat Paul mir ja nie gedroht. Ich habe mir das alles in meinem Kopf zusammengereimt! Hoffentlich werde ich mit meinen Vermutungen Recht behalten.

Mein Fuß stößt gegen etwas Kleines, Weiches. Als ich es berühre, quiekt es kurz auf. Ein hoher Schrei entfährt meiner Kehle. Die kleine Gestalt huscht durch ein winziges Loch in der Haustür. Alles gut Serafina, das war bloß eine Maus. Unter meinen Sohlen spüre ich jeden Kieselstein. Es ist, als würde man bei Google einen Begriff eingeben und sich, wenn man auf „Suchen" klickt, 100 Optionen anbieten. Bei mir gibt mein Professor Kopf als Suchbegriff „Pauls Türe öffnen - ja oder nein?" ein. Als Fund kommen 100 Antworten.

„Soll ich jetzt einfach klingeln?"

„Nein, das hört sich so an, als ob Oma zu Besuch kommt, mit einem schönen Blumenstrauß. Klopf lieber an", empfiehlt mir Shona.

„Ach was, geh einfach rein", schlägt Mahdi vor.

Ich entscheide mich für die zweite Variante. Die Haustüre ist nur angelehnt. Ich schaue vorsichtig durch den Schlitz - nichts. Ich kann nur Dunkelheit erkennen. Schnell ziehe ich meinen Kopf wieder raus.

„Seltsam, die Lichter sind alle aus. Aber er wird ja wohl nicht gegangen sein, ohne die Türe zu schließen."

Noch während Shona das sagt, öffne ich vorsichtig die Tür ein bisschen weiter.

„Sag mal spinnst du? Du willst doch nicht ernsthaft in das Haus eines wildfremden Mannes einbrechen!"

Meine Freundin zieht mich ruckartig aus dem Türrahmen.

„Pst."

Ich halte meinen Zeigefinger vor den Mund. Erneut mache ich mich an dem Eingang zu schaffen.

„Sei vorsichtig", haucht Mahdi mir zu.

Ich nicke stumm. Nun drücke ich die Tür ganz auf, so dass sie den Blick auf einen Vorraum frei gibt. Mein Körper ist ein glibbriger Wackelpudding, mein Herz eine Achterbahn und mein Kopf ein Chaos. Das Haus hat kein bisschen Ähnlichkeit mehr mit der Immobilie, die wir besichtigt haben. Noch einmal blicke ich in den betrübten Himmel. Hoffentlich werde ich ihn wiedersehen.

Ich mache den ersten Schritt über die Türschwelle. Die Finsternis umhüllt uns, wie eine dunkle Decke. Das Knarzen des Fußbodens, unter unseren Füßen, wirkt auch nicht mehr freundlich und wie eine Begleitung, sondern es ist unheimlich und ich habe Angst, dass es uns verrät. In meinem Nacken spüre ich Mahdis Atem, hinter ihm das hektische Atmen von Shona. An den Wänden hängen dunkle Bilder.

Ein lautes Krachen ertönt, gefolgt von einem Hilfeschrei.

„Shona!", ich eile zu ihr.

„Ich stecke fest! Helft mir hoch, bitte."

Ihr Fuß steckt im Boden fest. Zwei Bretter haben anscheinend nachgegeben. Ihr Bein blutet.

„Keine Angst, ich ziehe dich raus", munter Mahdi sie auf.

„Seid leise."

Shonas Gesicht ist angstverzerrt. Mahdi streckt ihr die Arme entgegen und zieht sie mit einem kräftigen Ruck raus.

„Geschafft."

„Au, mein Knöchel. Ich kann nicht mehr auftreten."

„Ich stütze dich", Mahdi greift ihr unter die Arme.

Ich richte meinen Blick nach vorne. Auffälliger könnten wir wirklich nicht sein! Da wäre sogar eine Horde Kindergartenkinder leiser gewesen.

Die Wohnzimmertür vor uns ist auch nur angelehnt. Durch den Spalt scheint ein Hauch Licht. Geräuschlos zeige ich mit dem Finger darauf. Mein Hintermann nickt. Auf leisen Sohlen nähern wir uns dem Wohnzimmer.

„Herr Devillie?", wispere ich zaghaft.

O.K., ich gebe zu, durch unser Knarzen wird er uns schon vernommen haben und wenn nicht, wird das jetzt auch nicht weiterhelfen. Wir sind an der Tür angekommen. Meine Beine fühlen sich an wie Pudding. Ich habe das Gefühl, dass sie jede Sekunde in 1000 Einzelteile zerfallen und ich sie erst wieder zusammen puzzeln muss, bevor ich weitergehen kann. Mein Kopf dreht sich nochmals zu meinen Freunden um. Sie stehen dicht hinter mir. Mahdi legt mir beruhigend den Arm auf die Schulter, klopft mir zweimal ermutigend darauf und deutet dann auf die Tür. Shona reckt ihren Daumen in die Luft. Ich wende meinen Kopf in die Richtung unseres Ziels.

Serafina, ganz ruhig. Es ist deine einzige Chance. Wenn du sie nicht nutzt, wird er dich umbringen, ohne dass du dich gewehrt hast. Willst du das Leben deiner Nachfolger wirklich wegschmeißen?

Nein, das will ich nicht. Schließlich habe ich auch Freunde, die diesen schweren Weg mit mir gehen. Ich darf jetzt keinen Rückzieher machen. Das ist leichter gesagt als getan. Rosi Herz pocht so fest gegen die Herzkammerjalousien, dass ich Angst habe, sie und ihr Herzreich könnten jeden Moment in rote Splitter zerbrechen, die mich von innen aufschlitzen. Ich atme tief ein und aus. Vielleicht wird es das letzte Mal sein. Ich habe keinen blassen Schimmer, was hinter der Tür auf uns wartet. Meine Hand berührt die silberne Klinke. Sie fühlt sich an wie eingefroren.

Es wird still.

Totenstill.

Meine Angst-Armee scheint die Luft anzuhalten. Ich selbst auch. Niemand realisiert den Schatten, der hinter uns die Treppe runter gekommen ist. Dann öffne ich endgültig das Tor ins Ungewisse.

Meine Augenlider gehen zu. Eine Sekunde später zieht mein Professor Kopf den Augenrolladen wieder hoch, damit ich die Hölle des Teufels begutachten kann. In einem Ofen an der Wand knistert das „Fegefeuer" vor sich hin. Nicht auszudenken, was die Leute damals alles getan haben, um nicht dort hineinzugeraten und ich gehe „freiwillig" hierher. Davor steht ein Tisch mit einem dunklen Gegenstand darauf. Ich kann ihn nicht genau erkennen. Neben dem Tisch steht ein Schaukelstuhl. Er schaukelt vor und zurück, als würde dort ein Geist sitzen. Meine Augen schweifen weiter durch das Zimmer. Im hinteren Teil des Raumes steht etwas Großes. Ich glaube einen senkrechten Balken ausmachen zu können und ein Podest. Für was um alles in der Welt braucht er so was in seinem Wohnzimmer? Neben mich tritt Mahdi mit Shona im Arm.

Plötzlich knallt etwas Schweres zu. Was war das? Eine Tür.

Verdammt.

Er ist hier!

Und dann ertönt ganz nah ein Ton, den ich bisher noch nie so schrecklich vernommen habe. Das Geräusch von Schuhen auf dem knarzenden Boden.
„Wie schön, ich habe Besuch. Was für eine Ehre."
Ruckartig drehen wir uns um.
Mir gefriert das Blut in den Adern.

Im Türrahmen steht eine dunkle Gestalt. Ungefähr 1,80 Meter groß. Mehr kann ich im Feuerschein nicht erkennen. Doch ich weiß ganz genau, wer das ist.
Zu allem Übel knipst er auch noch das Licht an. Es flackert ein bisschen, dann springt eine schwache Glühbirne an, die nur an einem dünnen Drahtseil an der Decke befestigt ist. Die Lampe reicht gerade so aus, um das „Wohnzimmer" auszuleuchten. Nun sehe ich Paul Devillie in allen Einzelheiten. Er hat braune Struppelhaare, eine tiefe Stirnfalte, hohe Wangenknochen und dunkelrote Lippen, wie ein Vampir. An seinen Oberarmen hat er zwei fette Tattoos. Auf dem rechten sind zwei Frauen und auf dem linken ein ... ein Gal ... Galgen. In meinem Inneren weiß ich was das ist. Seine zwei verstorbenen Frauen und der Galgen, auf dem alle Kinder hingerichtet wurden. Ansonsten trägt er eine kurze Surferhose, ein schulterfreies Oberteil mit einem Totenkopf und braune Sportschuhe. Eigentlich das komplette Gegenteil von dem, was ich mir vorgestellt habe. Das

Einzige, woran ich ihn erkenne, sind seine Augen. Es sind genau die gleichen wie auf dem Babybild. Feuerrot.

„Serafina Sorgenfrei", er betont jede einzelne Silbe, „du weißt gar nicht, wie sehr mich dein Besuch freut. Nun muss ich dich nicht selber holen. Du ersparst mir damit eine Menge Arbeit, zum Beispiel dein Fenster aufzuhebeln."

Er lacht hämisch.

„Und wen hast du mir denn da mitgebracht? Wie süß, das sind wahrscheinlich deine Freunde, die dich in den Tod begleiten wollen."

Seine Stimme wechselt von ironisch freundlich zu bitterernst. Mit festen Schritten nähert er sich uns. Ein Schwall Verzweiflung überkommt mich. Seltsamerweise macht er mich mutiger.

„Halt!"

Ich stelle mich todesmutig vor meine Freunde und strecke die Hand aus. Fast berührt sie meinen Feind. Dieser weicht einen Schritt zurück. Seine Miene wird noch ernster, die Falte auf seiner Stirn noch tiefer.

„Wieso „halt", du kleine Rotzgöre? Geh´ mir aus dem Weg!"

„Stopp!", wiederhole ich mit derselben festen Stimme.

„Hören sie mir zu. Ich weiß, dass ich hierhergekommen bin, war leichtsinnig. Aber wenn Sie denken, ich unterwerfe mich Ihnen freiwillig und nehme meine Freunde mit in den Tod, haben Sie sich gewaltig geschnitten."

Ich weiß nicht, ob das eine schlaue Idee war, denn nun richtet sich Paul zu seiner vollen Größe auf. Jetzt erreicht er bestimmt 1,90 Meter. Wieso ist er bloß Serienmörder und nicht Basketballspieler geworden?

Er steht genau vor mir. Nur ein bis zwei Zentimeter trennen uns. Er streckt seinen Arm aus und packt mich an meinem T-Shirt-Kragen. Paul hebt mich hoch, sodass meine Beine in der Luft baumeln. Was wird er jetzt mit mir machen? Ich kann nicht zulassen, dass er mich einfach so abmurkst. Schnell schicke ich ein „Eil-Gebet“ in den Himmel:

Lieber Gott, wenn mein Leben noch einen Sinn hat, dann lass´ mich bitte am Leben, wenn nicht, lass´ mich ohne große Schmerzen sterben.

Doch für den Fall, dass das Gebet nicht ankommen sollte, nehme ich noch Plan B. Ich kratz nochmal alles zusammen, was ein bisschen mit Mut zu tun hat.

„Lassen Sie mich sofort runter.“

Anscheinend zeigt das bei ihm so viel Wirkung, wie wenn ich mit der Wand gesprochen hätte. Er hebt seinen muskulösen Arm und versetzt mir mit seiner Faust einen Hieb in den Bauch.

„Aaaah!“

Scheiße, er hat genau getroffen.

„Hey, was fällt dir ein, du Schweinehund. Lassen Sie sie ausreden, sonst ruf´ ich die Bullen.“

Aus den Augenwinkeln sehe ich, wie meine Freundin mutig ihr Handy in die Luft streckt. Das zieht genau so wenig. Der Mann wendet seinen Blick nicht mal von mir ab.

„Was hast du mir zu sagen? Falls es dein letzter Wille ist, in Ordnung, den erfüllt dir sowieso keiner.“

Haha sehr witzig. Dummerweise lässt er mich nicht runter, sondern hält mich immer noch hoch.

„Lassen Sie mich runter, ich krieg´ keine Luft mehr“, piepse ich.

Mit einem Ruck öffnet er seine Hand und ich lande unsanft auf dem Hintern. Ich fasse mir an meinen Hals, wo „frische“ Luft in meine Lunge strömt. Ich bin völlig fertig. Die Angst hat mich besiegt.

Drohend baut er sich vor mir auf.

„Los red´, ich hab nicht ewig Zeit.“

O.k., ich habe nur diese eine Chance und die werde ich nutzen.

„Sie können nicht ewig so weiter machen“, platzt es aus mir heraus, „Wollen Sie etwa bis zu Ihrem Tod jedes Jahr ein Kind aus meiner Familie umbringen? Was ist, wenn keines mehr nachkommt? Denken Sie, Ihren Frauen hätte das gefallen? Wie fände sie es, wenn Sie ein Kind gekriegt und lieben gelernt hätten und es jemand ermorden würde? Haben Sie kein Schuldgefühl, kein Herz? Sind Sie so verzweifelt, dass Gewalt Ihre einzige Lösung ist?“

Oh je, ich höre mich ja schon an wie ein Psychiater. Doch das ist mir jetzt egal. Ich muss ihm den Wind aus den Segeln nehmen.

„Wie hätten Sie e...“

„Es reicht. Ich hatte nie ein Kind und ich werde auch nie eines haben.“

Ich glaube in seinen Augen ein bisschen Trauer wahrzunehmen, doch das wird er wahrscheinlich nicht zugeben.

„Dein Leben ist vorbei, sieh es ein. Los, vorwärts.“

Rabiat zieht er mich vom Boden hoch. Er deutet in den hinteren Teil des Raumes.

„Aaaaah!“, Shona kreischt entsetzt.

Vorsichtig drehe ich mich, soweit es Pauls Griff zulässt, um. Jetzt ist auch dieser Teil des Zimmers leider beleuchtet. Der senkrechte Balken und die Erhöhung gehören zu einem ... Galgen. Er sieht aus, wie der auf dem Tattoo von dem Mann. Was hätte ich anderes erwarten können?

Der Typ packt mich an den Schultern und stellt mich auf das Podest. Knapp neben mir ist ein Hebel befestigt, der dazu dient, die Klappe unter mir zu öffnen und mich in die ewigen Jagdgründe zu schicken. Mir kommen die Tränen. Was hab´ ich mir nur dabei gedacht. Dachte ich wirklich, ich könnte einen Serienmörder mit WORTEN umstimmen? Wie dumm bin ich bloß?

„Nochmal schön lächeln."

Häh, Paul läuft zum Tisch neben dem „Höllenfeuer". Besser beschreiben würde es es, wenn man sagt, er schreitet fast majestätisch zum Tisch. Von dort hebt er den Gegenstand auf, den ich vorhin nicht richtig erkennen konnte. Er kommt zurück und hält eine KAMERA in der Hand. Was soll das denn werden?

Ich blicke ihn grimmig an.

„Für was ist die Kamera?", fauche ich.

„Na damit ich eine „süße" Erinnerung an dich habe und sie in das Zimmer nebenan hängen kann. Soweit ich es gesehen habe, warst du ja bereits schon einmal drinnen."

Also war er tatsächlich da, als wir die Besichtigung hatten.

„Hey, ich hab´ gesagt, schön lächeln und keine Fratze schneiden, als wäre es dein letztes Stündchen – wobei, es ist ja dein letztes Stündchen."

Lauthals lacht er über seinen eigenen Witz. Doch er ist der Einzige, der das komisch findet. Paul hebt die Kamera vor seine Brust und drückt ab. Er legt den Fotoapparat auf den Boden.

„So und nun zum schönen Teil des Mittags."

Der Mörder meiner Vorfahren holt etwas aus der Luft über mir. Ein Seil. Eine Schlinge. Er wird sie mir wohl nicht um den Hals hängen, oder? Doch genau das tut er. Die Schlinge ist feucht und ein ekelhafter Geruch von Blut erfüllt die Luft.

Unwillkürlich muss ich an meinen Onkel denken, er war der Letzte, der das durchgemacht hat. Nur wurde er nicht erhängt, sowie ich es werde, sondern Paul hat mit einem Fußball auf seine Schläfe gezielt, wie es im Internet beschrieben war und ich es mir erschlossen habe. Mama hat mir auch erzählt, dass er einen Tag später tot vor Omas Haustüre lag, mit einem Fußball in der Hand. Alle hatten gedacht es war ein Unfall. Niemand wusste die Wahrheit. Wenn meine Mum wüsste, wie er gestorben ist, und was ich gerade für Ängste erleide, könnte ich sie gleich ins Krankenhaus einliefern. Wie gerne würde ich jetzt einen steilen Berg mit ihr erklimmen, was ich eigentlich hasse. Wie....

„He, wir sind nicht in der Traumstunde. Sprich dein letztes Gebet und dann war es das mit deinem kleinen, wertlosen Leben", schnauzt mich Paul an.

Ich blicke ihm tief in die Augen und halte seinen Blick fest.

„Ich wünschte, Ihre Frauen würden das sehen. Ich wünschte, Sie hätten ein Herz und würden etwas Sinnvolles mit Ihrem Leben machen. Sie leben nur einmal!"

Ich schließe meine Augen und warte darauf, dass Paul jeden Moment den Hebel betätigt und mich in den Himmel schickt. Doch plötzlich geschieht das Unvorstellbare.

Ich höre einen Schrei und öffne meine Augen. Unter mir liegt Paul, zusammengekrümmt, wie ein kleines Häuflein Elend. Sein Gesicht hat er in den Händen vergraben. Leise schluchzt er in sie hinein.

„Lila, Jasmin verzeiht mir. Ich wollte das nicht. Es tut mir leid. Ich vermisse euch so sehr. Ihr fehlt mir. Es fühlt sich an, als hätte jede von euch eine Hälfte meines Herzens mit in den Tod genommen. Seit ihr weg seid, weiß ich nichts mehr mit meinem Leben anzufangen. Es ist alles sinnlos. Mir fiel nichts anderes ein, als mich an euren Mördern zu rächen. Es tut mir leid." Es hört sich an, wie eine Beichte oder eher wie sein letzter Wille.

Ich bin von der ganzen Situation überwältigt und vergesse ganz, mir die Schlaufe runter zu machen. Fast hätte ich auch meine Freunde vergessen, aber nur fast.

„Pst, Serafina. Was sollen wir jetzt machen?", wispert Shona in die Stille hinein.

Aber die Antwort wird mir abgenommen, denn auf einmal richtet sich der Mann abrupt auf. Es scheint, als hätte er irgendeine Vision im Kopf. Er springt neben mich auf das Podest. Überrascht beobachte ich jede einzelne Bewegung von ihm. Der Serienmörder reißt mir die Schlinge vom Kopf.

„Los, runter hier!"

Er schubst mich von der Erhöhung. Ich stolpere geradewegs in Mahdis Arme. Er hält mich ganz fest. Gespannt schauen wir der Szene zu, die sich hier abspielt. Paul hängt sich selbst das

Seil um Hals. Ein lautes „Rums" ertönt. Er hat den Hebel nach vorne gedrückt.

„Aaaah!"

Dann verstummt er. Seine Arme gleiten langsam von dem Hebel. Sein Kopf knickt nach vorne ab. Die Schlinge schließt sich fest um seinen Hals und wird ihn nie wieder loslassen. Blutstropfen verfärben sein T-Shirt. Ich reiße mich aus Mahdis Umarmung los und stürze zu dem Galgen. Ich lege meinen Kopf an Pauls Oberkörper, um seinen Herzschlag zu hören, obwohl ich weiß, dass das nichts mehr bringt.

„Er ist tot", stelle ich fest.

Im Schneckentempo rieselt die Erkenntnis in mein Gehirn. „Er ist tot!", wiederhole ich. Ich kann es kaum glauben , ich habe es geschafft, ihn umzustimmen, dass er sich allerdings umbringt, wollte ich nicht. Ich wollte eigentlich nur mein Leben retten. Keine Ahnung ob ich heulen oder lachen soll. Er wäre bestimmt ein guter Basketballspieler geworden.

„Ich fass´ es nicht", stöhnt Shona, „Du hast ihn mit deinen Worten umgebracht."

„Bin ich jetzt ein Mörder?", frage ich skeptisch.

„Nein, bist du nicht."

Ich drehe mich um und schaue genau in Mahdis blaue und freundliche Augen. Ich merke wie meine Freundin leise aus dem Zimmer humpelt. Was soll ich jetzt bloß sagen? Mahdi streicht mir eine Strähne aus dem Gesicht.

„Du bist das mutigste, schlauste und schönste Mädchen, das ich kenne."

„Das ändert aber nichts an der Tatsache, dass sich gerade ein Mann das Leben wegen mir genommen hat", widerspreche ich.

„Dummerchen, das hat er doch nicht wegen dir gemacht. Es war seine Entscheidung. Du hast dich bloß gewehrt."

Langsam beugt er sich zu mir hinunter und haucht mir einen liebevollen Kuss auf die Lippen. Ich kann nicht anders, als ihn zu erwidern. Das ist definitiv der schönste Moment meines Lebens. Wäre er doch bloß nicht gerade jetzt gewesen, jetzt, da mein Kopf ohnehin schon überfordert ist. Mahdis Lippen sind so zärtlich und weich. Sie haben den süßen Geschmack nach Schokoladeneis. Seine Haare duften nach Zuckerwatte und Veilchen. Rosi Herz schlägt fünfmal so schnell wie vorhin, aber nicht aus Angst, sondern aus Freude. Meine Schmetterlings-Cheerleader im Bauch sind auch völlig aus dem Häuschen. Jeder tanzt aus der Reihe.

„Jetzt können uns keine 100 Pferde mehr trennen -", dabei blickt er zu der Leiche, „auch kein Mörder dieser Welt."

Er hat Recht. Dafür bekommt er gleich nochmal einen Kuss. Ich lege meine Hände in seinen Nacken und er umschlingt meine Taille. Was für ein schönes Gefühl von Geborgenheit.

Epilog

Ein Jahr später.

Ich weiß gar nicht, wo ich anfangen soll mit dem Erzählen, was im letzten Jahr alles passiert ist. Das Schlauste ist wahrscheinlich, an dem Tag an zu fangen, an dem Paul das letzte Mal das Licht der Welt gesehen hat.

Shona hat in der Zeit, in der Mahdi und ich ein Paar geworden sind, die Polizei verständigt. Wir haben ihnen alles erklärt. Sie haben gemeint, sie suchen ihn sowieso schon sehr lange und waren sehr dankbar, dass wir ihn gefunden haben. Sie haben darauf sofort den Leichenwagen gerufen.

Eine Woche später war die Beerdigung. Nur Mahdi, Shona, der Immobilienmarkler, dem es jetzt wieder besser geht, meine Schwester, mein Dad, meine Mum und ich waren dort. Angehörige hatte er keine.

Als meine Familie von der ganzen Geschichte erfuhr, sind sie vollkommen ausgetickt. Ich kann bloß sagen, bis Mum uns aufgelistet hatte, was alles hätte passieren können und warum wir sie hätten informieren sollen, hat ewig gedauert. Das gleiche Galama durften wir uns auch von Shonas und Mahdis Eltern anhören. Aber natürlich waren sie auch alle mega erleichtert, dass uns nichts zugestoßen ist und stolz waren sie auch.

„Serafina, kommst du bitte. Die Hochzeitszeremonie beginnt gleich."

Stimmt, das Wichtigste habe ich vergessen.

Papa hat eingesehen, dass Sonja unser Leben nicht wirklich positiv beeinflusst hat. Er und Mama haben ein sehr langes und ausführliches Gespräch geführt. Liv und ich mussten in unsere Zimmer verschwinden. Als wir nach einer Stunde endlich wieder hinaus durften, hielten Mama und Papa Händchen und Mums Backen waren so rot, wie Erdbeereis. SIE WAREN WIEDER EIN PAAR. Juhu! Papa zog bei uns ein. Es war so wie früher.

Alle zwei Wochen besuchen wir mit Dad die Jungs bei Sonja, die immer noch in München wohnt. Ich tue es für Tomi und Joy. Heute ist die Hochzeit meiner Eltern. Ich darf das Blumenmädchen sein und Liv darf die Trauringe nach vorne tragen.

So jetzt hab ich aber genug erzählt.

Schnell lass´ ich mich neben Mahdi in die Bankreihe von meinen Freunden fallen. Er nimmt meine Hand. Ich strahle ihn an. Heute ist es genau ein Jahr her, dass wir uns geküsst haben und zusammen sind. Zu diesem besonderen Tag hat er mir vorhin ein kleines Schlüsselanhängerherz geschenkt. Ich hab´ es gleich an meinen Schlüsselbund gehängt. Neben uns sitzen noch Shona und Felix, die seit einem Monat zusammen sind.

Paul ist jetzt wahrscheinlich glücklich im Himmel bei seinen Frauen.

Die Kirchenglocken reißen mich aus meinen Gedanken. Ich drehe mich zur Kirchentür um. Dort schreitet Mama mit ihrem schönen, langen, weißen Hochzeitskleid. In ihren kurzen, blonden Haaren stecken pinke Blümchen und ein Seidenschleier fällt wie ein Wasserfall über ihre Schulter und ihren Rücken. In der Hand hält sie einen Blumenstrauß mit roten Rosen. Mitten drin befindet sich eine weiße Schleife. Dicht an ihrer Seite läuft Papa. In seinem schwarzen Anzug und der weißen Krawatte sieht er aus, wie ein richtiger Gentleman. Hinter ihnen kommt der Pfarrer und direkt dahinter meine kleine Schwester. In ihren Händen trägt sie stolz wie Oskar ein purpurrotes, kleines Samtkissen auf dem zwei goldene Ringe positioniert sind. Hoffentlich halten sie meine Eltern nun für immer zusammen.

Danksagung

Hey du,

ich finde es echt stark von dir, dass du bis hierher geblättert hast – das machen nicht viele! Ich möchte dir hier die Leute vorstellen, denen ich es zu verdanken habe, dass ich da bin, wo ich heute bin.

Zuerst sind da natürlich meine Eltern, die mich immerzu motiviert haben und meine Schwester, die auf viele Playmobil-Spiele-Stunden mit mir verzichten musste :) Als nächstes ist da meine allerbeste Freundin, mit der ich all meine Ideen besprechen konnte und die unser Manuskript erste Sahne auf Korrektur gelesen hat. Mein Kumpel, die schnellste Leseratte der Welt, war fleißig in Sachen: "ist-das-überhaupt-logisch?". Auch meine ehemaligen Deutsch-Lehrerinnen haben mit angepackt und unser Manuskript auf Sinn und Sprache durchgelesen. Zu guter Letzt kommt nun die Frau, die mich eigentlich am meisten unterstützt hat: Sie ist die beste Buchverkäuferin, die man sich vorstellen kann! Sie hat mir alle Fragen, die zwischen mir und meinem Traum lagen, beantwortet und sich viel Zeit für mich genommen und mir viele Verbesserungs-Tipps gegeben. Natürlich sind da auch noch ein paar Leute, wie zum Beispiel meine Klasse, die mir im Hintergrund die nötige Energie lieferten, sowie auch meine Oma, die sich viele Male am Telefon meine Geschichte und meine Fortschritte angehört und mich immerzu ermutigt hat, nicht aufzugeben.
Aber natürlich ist es erst durch euch – das AAVAA-Verlag Publikations-Team bis zur Veröffentlichung gekommen und auch ihr habt so einige Unklarheiten aus meinem Kopf beseitigt und

mir immer und immer wieder gezeigt, was ich noch anders machen soll.

Zum Schluss möchte ich euch einfach sagen: Ihr seid das aller-aller-allerbeste Team, das man sich für seine Traum-Verwirklichung wünschen kann, danke, danke, danke!

Bullied!
Anna-Lena Hees
BULLYING
Gemobbt
Roman
AAVAA

Silvia Busch
Allein
in der Wildnis
Jugendroman
AAVAA

AAVAA

VERLAG

www.aavaa-verlag.com